摑め影と音

静間幸雄

文芸社

目次

登場人物

・清家　政治郎…………甲州　高萩藩一万三千石　藩主松平　重範の側廻衆《そばまわりしゅう》
二十一歳
・清家　影之助…………政治郎の弟　十六歳
・間《はざま》　市之倉…………清家政治郎と幼馴染　古関道場門下生　二十歳
・古関　玄之助…………古関道場主（心神一統流）
・松平　重範…………甲州　高萩藩一万三千石　藩主
・左夕《さゆ》姫…………松平　重範の娘　十五歳
・奥村　十衛門…………甲州　高萩藩家老
・西川　留萌…………甲州　高萩藩次席家老
・乾《いぬい》　善之助…………甲州　高萩藩勘定奉行

登場人物

・浅倉　良善……………甲州　高萩藩　藩医
・たね……………………左夕姫の乳母
・名倉　富明……………三郷道場　居合の剣士
・吉井　進………………三郷道場の剣士
・尊海和尚………………法禅寺住職
・ちせ……………………法禅寺の手伝い
・やゑ……………………かどやの手伝い
・小笠原　與三郎………小笠原道場主（鹿島一刀流）
・津屋　三条……………小笠原道場（鹿島一刀流）師範代
・吉川　梶田　村上……小笠原道場　門弟
・美弥……………………小笠原道場主の娘
・田島屋　正兵衛………結納屋店主
・よね……………………田島屋　正兵衛の妻

・ひさ……………田島屋　正兵衛の娘
・香川　松一……番頭
・三好　参次……田島屋手代
・青山　吾助……田島屋小僧
・鈴……………田島屋の手伝い
・種蔵…………袋井やくざ親分
・源次…………袋井やくざの兄貴分
・幸助…………袋井やくざの兄貴分
・手嶋　作次郎……用心棒
・権藤　又一郎……道場破りの浪人
・播磨屋吾兵衛……甲州　高萩藩御用商人
・常川　重成………甲州　高萩藩御用商人番頭
・音吉……………甲州　高萩藩御用商人手代

・作次……………………甲州　高萩藩御用商人小僧
・喜多川　多聞…………甲州　高萩藩江戸家老
・小泉　数馬……………甲州　高萩藩江戸屋敷　家臣
・三島　謙之丞…………居合術の達人

序

近年の高齢者に対する重大なインシデントは、特殊詐欺に関する事案と思う。

このことは、決して許してはおけない。組織的に巧妙、繊細、大胆な手口による人の心の隙《すき》を突くドラマであると私は思う。故に舞台が在り、役割があり、台本があって臨場感をもって繰り返し訓練されている。

この小説は江戸時代の内容ですが、煌《きら》びやかに、面（表）に見えるもの、快く聞こえるものだけを摑んではいけない。影（陰）になっているところ、見え難いところ、幽《かす》かにしか音（声）が聞こえないものを摑み、高齢者のよりよい生活の一助となってほしい。

第一章　左夕姫の願い

古関道場の場主の声が道場に響く。「そろそろ、この辺りで収めてくれ」

道場の主、古関玄之助は門弟に濁声《だみごえ》を浴びせた。そして、汗を拭きながら着替部屋に向かっていた二人に、「後で俺の部屋に来てくれ、二人共だぞ」と続けた。

二人とは、清家政治郎と間市之倉である。この道場の師範代格である二人は剣の技量も拮抗《きっこう》し、歳も政治郎が二十歳を超えたが、市之倉は未《いま》だ達していない、仲の良い幼馴染である。

「はい、二人ですか」清家は心配そうに訊き直した。というのは、清家は近頃稽古に励んでも剣の技《わざ》が、いかほどにも進んでいない気がして、そのことを市之倉に話したことがある。殿の側廻衆として仕えているのだから、いつ、どんなときでも危ない事が身近なところで起こるかしれない。

二人が殿の側にいることは、剣の使いがめでたいからである。しかし、こんな心の迷いが古関師匠に見抜かれているのか、と清家は沈んだ気持ちになった。

「政治郎、参りました」「市之倉、参りました」と二人は参上した旨を伝えた。古関師匠は応じて言った。「入れ、お前たちも知っているように、この甲州高萩藩城下には、二つの道場がある。古関道場と三郷道場である。三郷道場には、藩士の子弟も多く通っている。居合の技法も鍛錬しているようだ。この高萩藩一万三千石と大きくない藩にしては、二つの道場の門弟が多過ぎるきらいがある。剣に対して熟達しようとする心構えは、人としても、藩にとっても誇れることである。これからが、お前たちに来てもらって聞いてほしい本題となるのじゃ」そして、間を置かず続けた。

「先日、お城から家老の奥村十衛門と左夕姫の乳母のたねが見えたのだ。左夕姫は十五歳になられて、いろいろなことに興味を注いでいるという。越後の小千谷《おぢや》縮織《ちぢみおり》、都の西陣織など身に着けるばかりでなく、柄や色合いを写し描いている。

そうかと思えば、草花にも魅かれて庭に降り、すみれ草を摘んだり、つゆ草を膳に添えて楽しんでいるご様子だ。

ところが最近になって色が白くなり、澄んだ黒目がちの瞳は、はっと周りの人を惹き付けて、部屋の空気を変えているようだ。そんな姫様が、ここ春を迎える頃から、体が重いとやら、立ち上がる動きが遅いとか、しづらいとか、肥《ふと》って困っていると言う。たねは、この年頃の姫様の愚痴と思って、『姫様、まだまだ若いから、これからいくらでも姿は変わってきますよ。ことのほか、肥っているように決して見えないのですよ』と、たねは言っても、夜のお膳は、ほんの少ししか口に運ばないのだそうだ。そんなある日に、『たねだけに聞いてくだされ』と言って、二人で膝を交えたようだ」

その話によれば、と道場主の古関が継いだ。

「西の丸の渡り廊下の離れたところから、いつも見掛けている、殿の側廻衆として仕えている清家様と間様の男らしい凛しい姿を見ていると、剣をすこぶる憶えある若者と思っていたようだ。そして、殿からは二人は剣聖と呼ぶにふさわしいくらいの技量を持っていると、聞きました。ぜひともあの二人に頼んで、この私の手ほどきをしてほしいと言ったそうだ」と語ったそうである。この頼みを聞いた古関場主は、応じて二人に語ったのである。「政治郎、市之倉、姫の願いもあり、奥村様もうちの道場にお見えになったのじゃ。引き受けてくれるな」師匠の頼みに対して市之倉は、少し間をおいて口を開いた。

「師匠、少しお願いがあります。私は、側廻衆以外にも出仕した折、納戸の方にも顔を出さないといけないのです。そして、困ったことに母上が以前から病をこじらせて、床に伏せったままで、家のことも……政治郎がどうしても稽古に行けない際に立ち合うことで許してほしいのです」「政治郎どうだ、母上のご病気には、充分な手当てをしてやれ。このことについては、承っておく」

「姫様、右手でここを握り、左手はここを持ってください。木刀の隙間は拳一つ半、そうでございます。前に二歩、後ろに一歩下がってくだされ。この稽古をお続けになってください」

お城の北方の峰々にも、もう白い根雪らしいものは見えない。いよいよ春がこの山あいにも訪れて、木々にも緑の色が濃くなってきた。こぶしの芽も、ひと雨ごとに大きく膨らんできた。清家政治郎は、七十石と軽格の身で裕福ではない。早くに父を亡くし、弟と母上、庭番の弥助がいるだけである。弟は影之助といって十六歳になったばかりだが、書物に親しんで四書五経に耽《ふけ》っている。市之倉も同じ軽格の身で、家も近いので幼馴染である。剣の腕も互角であるが、辛うじて政治郎が上を廻っている。歳は市之倉が一つ下であり、言いたいことをずけずけ言い合う仲である。

「姫様、足の運び幅が大き過ぎます」「政治郎、私を呼ぶときは、姫と呼ばないでくだされ。左夕と言ってくだされ」

「さゆ様ですか」「……」

「姫様、いや左夕様、動きが速くなりましたなあ。時があるときに、稽古をしているようでございますな。汗が少し出て参りましたので、この辺りで……」「もう三月《みつき》になる、政治郎から手解《てほど》きを受けて、ありがたく思うとるぞ」「もう、三《み》月《つき》になりますか、そういえば、ここ何日か暖かい日がありましたな。連翹《れんぎょう》の花も終わり、辛夷《こぶし》の白い蕾《つぼみ》が少し脹《ふく》らんできました」


古関道場での稽古の後、片付けを終えた二人は、「市之倉、蕎麦《そば》でも食って帰ろうか」「そうやな」と、何回か行ったことのある堀川の川端にある蕎麦屋の「かどや」に入った。店には二組の客がいた。近くの舟宿で船頭でもしているのか、法被《はっぴ》姿《すがた》の男が三人、老いた夫婦と思われる二人が蕎麦を食べている。

「政治郎、お酒でも少し飲んでみるか。おやゑ姉さん、つまみと一緒に、熱燗二本頼む」三十路を少し越えていると思われるおやゑ姉さんに注文した。「はい。珍しいね、間さん」直ぐに、なすの煮物と小あゆの佃煮を置いていった。「しかしなあ、政治郎、側廻衆の務めも楽やないなあ。あの奥村に一つ一つねちねちと言われると、気が憂うつになるぞ。確かに、かなり年上だし、仕事もたくさんこなしてきているから言えるんやろうが」「おい、政治郎、聞いているのか」「う〜ん……」「うつ伏せになって寝てるのか。起きろよ」「……」「おやゑ姉さん、もうわしは帰るぞ、政治郎を少し休ませて家に帰してやってくれ、銭はここに置いておく」

「政治郎さん、こんなところで寝ていたら風邪をひくよ。奥の部屋で休んで、ほらほら」夜というのに堀川の柳の下の水面《みなも》が、月明かりにきらきらと光が輝いて見える。風はないのに小さな波が漂《ただよ》っている。子《ね》の刻に近いので灯も消え、舟遊びの客人もいなくなっている。

「まだいたの。政治郎さん、よく寝ていたね」女の声で少し目を開けたが、政治郎にはまだ酔いが残っており、周囲の物がよく見えていない。ここはどこで、今の刻《とき》も分からない。右手で刀を探したが、ない。真っ暗な小部屋はよく見ると、小ぶりの箪笥が一棹《さお》置いてあるだけである。

「おやゑさん、俺の刀は……」「箪笥の横にあるよ。そのまま横になってて」

やゑは政治郎の傍らに、そっと添って横になった。女のなんともいえない香りが漂い、柔らかな胸が背中にあたっているのを恍惚《こうこつ》となって受け止めていた。やゑの方に向きを変えると、単衣《ひとえ》の夜着のはだけた胸に、白くて柔らかい乳房があった。こんなことは、政治郎には一度の経験もなかったが、そっと手を添えてほぐしてみた。

やゑは美人ではないが、色の白い優しい顔立ちをして人を包んでくれる心の豊かな女で、客たちのみんなから好かれていた。やゑは少しのけぞったように体を動かし、小さい声にならない息をもらした。政治郎の手は、やゑの首すじから背中へと廻り横腹で止まった。左手で、やゑの顔を寄せて口を吸った。口を吸いながら右手は、下腹部へと優しくゆっくりと下ろしていった。やゑは自分の前紬《まえつむぎ》を解き、政治郎の袴を下げた。すでに天を突く様を見せている政治郎のものを口に含んだ。政治郎は、深い海の底に導かれてゆく龍宮様の世界が頭に浮かんだ。そっとやゑの柔らかい繁みの下に手を伸ばした。そこは深山の泉のように潤いで満ちていた。

政治郎と市之倉は、弟子たちが帰った後も、古関道場で稽古に汗を流していた。「お前たちは熱が入り過ぎているぞ、そろそろ終えて二人とも部屋に来てくれ」と、師匠が声をかけ、奥に去っていった。「おい政治郎、師匠はなんの話をするつもりかな。お前の噂《うわさ》は俺の耳にも入っているぞ。その話かもな」「それやったら師匠は、二人ともとは言わないぞ、おかしい話だ」


「師匠、政治郎、市之倉、参りました」「入れ」「……」

「そこもと二人に話をするが、よく聞くんだぞ。耳ばかりでなく心でも聴け、この話は今日限りじゃ」「……」

神妙に姿勢を正す二人の弟子に向かって、古関は語りかけた。

「心神一統流の流儀に似《に》ているが、そのものではない。いわゆる剣の心神ではあるがな。剣技には上下はあるが、限りがない。天上はないのだ、あとは心だ。心の底に備えるのは、『影と音だ』面と向かって対峙すれば、正面、表面を見据える。相手も同じだ、動きを読み疾《はやさ》を競う。それは当たり前だが、眼《め》に映《うつ》るところでなく見えないところ、聴こうとしても幽かな響きさえ捉《とら》えられない音、これを一段と重きをおいて研ぎ、鍛錬することだ。常々見ている面は当然であるが、見えないところ、見ようとしないところが、人の体にはいくつかある。それを忘れていては、剣の上達はかなわない。音もそうだ、剣と無縁の人でも音はいろいろな方向から、音色の異なった強弱の音が入ってくる。建物や石燈《せきとう》、木々に反射した幽かな音だ。剣を使う者は、人の動きの音、足摺りの幽かな音、呼吸の音さえ捉える。正面が陽とするなら背面は陰じゃ。この陰をどこまでも見極めることを怠ってはいけない。

たとえば、青眼に構え、上段に振り上げた脇、影と見る。相手が胴を払いにくる。次は上段に構えることを頭に入れ込み、払った剣部一歩間合いを詰め、上段に戻す隙に右脇の影に突きを入れる。内腱もそうだ、相手が一歩間合いを詰めてくるので、一歩下がり、上段に構えをとり、右足を前に出して青眼に構え直し、隙を見逃さず右内腱を突く。稽古のさい、陰陽を心に刻んでいたか。人が生まれ育ち、多くの人々と出会い、多くの事柄と繋がって人は生きている。これは全て陰陽と繋がっているといっていい。これからの生き様《ざま》の中でも、必ずや陰と陽、陰と音を決して忘れてはならない。わしの話は終わりじゃ行け」

今日も道場を後に、市之倉と二人は大きな剣道具袋を肩に担いで歩いている。

「なあ、市之倉、ちょっと気になっているんだが、先日俺の噂とか言っていたが、あれはなんのことだ」「聞きたいか。そうやろうなあ。気になるやろう」「そうじゃらさずに話してくれ」「いや、側廻衆の間で、姫の話が出たとき、あんな綺麗な姫とひとときでも剣の手ほどきができるお主は幸せなことだと、みんな言っていた。どうもお手伝いの話だと、姫が政治郎に思いを寄せている、という話じゃ」

「つまらん」と笑いながら政治郎は、「お前はうまく逃げたなと思ったけど、母上のご病気は心配なので、俺は受けたのだぞ」

「いやいや政治郎、姫からの名指しや、励んでくれ」

道場での稽古の後、政治郎は師匠より「政治郎、そこに座れ」と言が下った。

「先般、藩の奥村家老が供もつれず、当道場にやって来た。広間にしてお会いしたのだが、少し渋《しぶ》い顔で、清家に姫の剣の道を指導、稽古を付けてもらっているが、一向に捗《はかど》っていないとたねが嘆いていたと言う。女子《おなご》が剣の達人にならなくともいいが、少しでも自分の身を守る剣は必要じゃ。あの勝気な姫に、清家はしっかりとものが言えているのか。そして、姫への稽古の手ほどきを清家にしっかりとお教えいただきたいと、俺に苦言を呈された」

「師匠、この話は初めから少しためらうところが己《おのれ》にあり申した。剣を学ぶ心の在り様ですが、目指すところが根深いものがない。体を動かす、体の形を気にしてのことです。これは、たねもご存知のはずです。剣の上達とは、心と体の鍛錬、また鍛錬ではないでしょうか。しかし、姫が稽古を止めにすると言わない限り、続けようと思っております」

「しかし、あの家老があそこまで望んでいる。ので、もっと厳《きび》しく重く稽古をつけてやれ」「はい、承りました」


西の空が茜色に染まっている。西の丸の庭の桜も花が散り、中池に花筏を見せていたが、今はない。立夏を迎えて木々の緑が、一段と濃くなってきた。師匠のあの言葉の後、政治郎は藁《わら》で人形を作り、打ち込みを姫に続けさせた。西の丸の縁に二人で座り、先ほどたねが置いていった冷えた茶をすゝっていた。

「政治郎、ここのところ稽古の刻も長く、動きも激しい、言われることも多くなったみたいに思うのですが」「激しくてあられますか」「どうも首の後ろ、右肩の上が痛むのですよ、申し訳ないけど、少し揉《も》んでくれるか」「……」「もっとやさしく出来ぬか」「こうですか」

姫の透き通るように白くきめの細い、うなじから首すじ、背中へと流れる肌を見ながら、政治郎の心が些《いささ》か騒《さわ》ぎを憶えている。まだ少女のような姫の香《かぐわ》しい匂《にお》いを鼻に幽か感じ、どうしたのか右手の指がことのほか、熱くなっていたのだ。

姫の汗ばんだ首すじに二本のほつれ毛が流れている。そっとつまんで上げ、髪に添えてあげた。姫もうっとりとした瞳で政治郎を見上げている。この前の蕎麦屋「かどや」のおやゑ姉さんのことが頭の中をよぎって、何をしているのか分からなくなってきた。男としてのこの疼きは、どう収めればよいのか。姫に悟られぬようにして、姫の肌に触れることがこの上もなく苦しい。この広間には側廻衆もいないが、西の丸の廊下には、奥勤めをしている女が時折通っていく。好奇の眼で見ないようにして、しかし見ていると、政治郎は感じていた。また、乳母のたねも、どこかから気にしながら見ていると思う。

「政治郎、もういい」と姫が声をかけた。「ところで政治郎には、好いた女子はいるのか」「拙者は、女子のことなど頭の中に、そのかけらもございません。側廻衆の仕儀の他、古関道場に通っております。家には、母上と十六歳になった弟と三人暮らしです。親戚、縁者との付き合いもあります。また、側廻衆と奥勤めなどの算勘も月々、勘定方に報じており、なかなか女子に目を向けることはかないません」

こうした遣り取りがあって何日か過ぎた。

「たね――。たねは、いないか」と、左夕姫は、声を上げた。「はいはい、なんでございましょうか、姫」「あのう、政治郎のことで、言いにくいことでありますが、聞いてくれるか」「はい、それや～あ、なんでもおっしゃってくだされ」

「はや、政治郎から稽古をつけてもらい半年も経とうとしている。竹刀の握り方から、力の入れよう、振り下ろしの姿勢、歩巾《はば》からの前身、足の運び、そして、後退とたくさんの導きをいただき、言葉掛けをしてもらうのはよいが、竹刀の握り方が悪いと、私の手からなかなか離そうとしない。また、指まで絡ませてくる。

歩巾を縮めるとき、広めるとき、私の太腿《ふともも》まで触ってくる。稽古といえばそうですが、あまりにいやらしく感じてしまうのです。この前のとき、一息入れようということで、二人で広間の縁側でお茶をいただきました。私の後ろに廻り小袖の合わせから手を入れ、腕に触るのです。もう何回かありました。私の首すじに唇を押し当てになりました。私はもう、乱心は止めてくだされと叫び、人を呼びますと言ったのです。政治郎の稽古はもう嫌です、私の目の前から消えてほしい。頼んだぞ、たね」姫は、稽古をつけてもらったことを後悔しているような面持ちで語った。

雨が上がったのか、黒い雲が古関道場を覆《おお》っていたのに、灰色と白い空が見えてきた。水に濡れた椿の葉が濃い緑を輝かせている。道場では、

「清家、清家」「はい。師匠」「稽古を終えて、着替えをしたら、わしの部屋に来てくれ」

「清家入ります」「お丶、そこに座れ」「……」

「今朝、家老の奥村様がみえて、たいそう怒っていた。これから奥村様の私邸の方へ行く、付いて参れ」二人が奥村様の私邸の門番の下士に告げると、何も言わずに奥座敷へと案内した。下女がお茶を持ってきたが、人気のない静かな空気が不安を募らせる。嫌な心持ちに清家はなっていた。と、そこへ着流しのくつろいだ装いの奥村様が上座に腰を下ろした。

「待たせたな。清家、姫の剣の稽古はもういいぞ。お前が一番分かっていると思うが、あろうことか姫に、いかがわしい、極めて卑猥《ひわい》なことをされたと乳母のたねが申し出てきた。姫は、もう顔も見たくないと言っているという。それ以上のことは、何も聞かなかったが、男と女のことだから、たねも言えずに引き取った。だから、しばらく清家の外出を禁ずる。見張りは付けないが、自家で謹慎しておれ、追って沙汰を出す」

月明かりの宵だった、武家屋敷の黒々とした屋根瓦が波を打っているように、キラキラと輝いていた。師匠も清家も黙って歩いている。師匠は、清家が一言の弁解も、詫《わ》びも言わなかったことの訳を考えていた。言えない訳があるのだと心で受け止め、清家の顔を見た。月の光を受けて端正で色白な清家の頰《ほほ》に涙が光っていた。「清家、影と音を摑むのだぞ」「……」

奥村家老にお会いしてから、五日の後、清家の屋敷に次席家老の西川留萌が一人で訪れてきて下命した。「上意を掲げお伝え申す。所払いとなす。家督は弟影之助に譲り引き継ぎ、仕儀も同様とする。三日の間の猶予を与える以上、失礼つかまつった」

西川殿が帰った後、直ぐ母上の言葉が聞こえた。

「政治郎、間様がおみえになりました」「ここに通してくだされ」と告げると間が部屋に入ってきて、直ぐさま言った。

「政治郎、師匠は、お前との仲を刎頸の交わりと認めて語ってくれたぞ、わしはお前が、家老から言われたようなことは、一切ないと信じている」「……」「だが、お前の返答がほしいとも思っていない」「市之倉、清家家の家宝、相州藤四郎宗則に誓って……」ようやく言葉を絞り出したが、続かない。「清家、さらばじゃ」

第二章　法禅寺の木々

蜩《ひぐらし》の姦《かしま》しい声が絶えることがない境内に、政治郎はやっとのこと足を踏み入れた。江戸・本所深川、日照山「法禅寺」である。

「たのもう、たのもう」

五十路を過ぎた百姓家の女《ちせ》が庫裏《くり》の戸を開けて出てきた。「どなた様でございましょうか」

「わしは、高萩藩、いや今は退《しりぞ》いたが、清家政治郎と申す者。ご住職の尊海和尚にお頼みしたい」「はい、分かりました」「おう、政治郎か、遠方よりよく来たな。この間の便りで大方察しがついているぞ。お前の父には、深く重く長く、世話になり申した。遠慮はいらぬ、いつまでもゆっくりいたせ。と言っても、こんなちっぽけな寺だ、だから何もないぞ」「お世話になり申す、和尚」「仏の修行に小僧が使っていた庫裏の南に離れ家がある、それを使え、あゝそれから、ここにおるのが、ちせと言ってな、近くの百姓の女で、寺やわしの身の回りを手伝ってくれているのだ」小さい寺と言いながら鬱蒼《うっそう》と木々が茂り、その中を北から西に小川が流れている。昼間ではあるが、木々から蜩の鳴き声が聞こえてくる。政治郎は、一町四方もあるかと思われる境内の様子がまったく分からない。明日から何をどうすればよいのか、心の内の整理ができていない。

翌日、清々しい朝を迎え政治郎は、本堂と参道、境内の石段、落ち葉など掃き清めた。手水鉢《ちょうず》も洗い、新しい清水が自分の心を清めるように流れてきて、顔を洗いながら爽快な気持ちになった。郷にいたときは疲れ果てていたのか、こんな心を懐《いだ》くことは久しぶりだった。法禅寺の境内は風がよく通るのか、夜中に木の枝や板塀の軋む音がしていた。掃き清める業は、体の鍛錬になりと申すが、昨夜は風が強く小枝や、枯葉などちと多過ぎると思った。

「政治郎、よくやってくれてるな」「はい、和尚」

　今日も川から吹く風は強い。政治郎は、これが冬場だったら朝早くから境内を清めることが難儀だろうと思った。背の高い檜や松、杉に囲まれた林の中に、よく見ると道とはいえないが、草木の少ない地がある。獣道でもなく、たまたま陽の当たりが悪いのか歩きやすい所があった。そこを政治郎は、西に向かって歩いていった。暗い森から、なんと明るい空が見えた。青々とした田んぼに囲まれ百姓家の藁葺《わらぶ》き屋根が、ところどころに見えた。さらに西の彼方に目を向け眺めると、富士のお山の頂きが少し見えた。

「ちせ様、お願いがあって参りました」「なんでしょうか」「あの、少し太めの糸と細めの糸を各々、三間くらい欲しいのです。金子《きんす》はここにありますので、買い求めてはもらえないでしょうか」「明日は町まで行きますので……、何に使われるのでしょうか」「いや、剣の稽古で使おうかと思っています。ちせ様、忝《かたじけな》い」

政治郎は、払暁に床を抜け小路らしい藪に入っていった。小路の左右にそれぞれ二本の杉の大木が巾を同じくして、そびえ立っていた。これだな、と心の中でつぶやくと、太糸を二本の杉木に結び付け、さらにその糸に木の葉を付けた細糸を結び付けるのだ。高い所もあるが、足元の低いのもいくつか結ぶ。体一つが通るくらいの小路の左右から、風によっていろいろな方角から糸に繋がれた木の葉が体にまとわりついてくる。これを太刀で遮ぎるのだ。二間半もあろうか、小路の片側二本の木々に、二十枚の木の葉を仕掛ける。両方で四十枚の木の葉が風の吹きようによって方向を異なえ迫ってくる。その動きは、誠に捉えがたい。ここ二、三日、政治郎は鍛錬を続けた。一刻は、太刀を握っているが、撃つ木の葉は一葉か二葉しかない。辺りは、もう蟬の声は聞こえない。代わりに、小鳥の囀りや、虫の鳴き声が耳に入ってくる。風の音も、近くの小川のせせらぎの音も幽かに捉えることができた。師匠の音を摑めと言ったのは、こんな林の中でも異質な音があれば逃すなと言いたいのだろう。枯葉の舞い落ちる様《さま》、小枝のざわめき、雲の動き、これを肌で感じとることも含んでいる言葉だろう。

ある日、政治郎は、法禅寺の小川の土手に座して、せせらぎの音を聞いていた。そこから二間、三間と離れて佇み、せせらぎの音を聞く、この鍛錬を重ねていた。突然に和尚の尊海がみえて、「清家、音の鍛錬をしているのか、ついて参れ」と言ったので、小川の半町ほど川上を目指して二人は無言で歩いた。そして、水の流れが澱んだ川淵の所で歩みを止めて口を開いた。

「音が聞こえるか」「いや、ほとんど聞こえません」「お前が聞いていた、川底の浅い石が多い流れとは違うだろう。これは人間の態を表していると思わないか、口数が多いだけで内容の伴わない話に気を付けることだ」

寺の庭にある銀杏の葉も、緑から薄黄色に変わりつつある。政治郎も早や三カ月近く木の葉と闘ってきた。今では木の葉、十枚は撃つことができるようになった。しかし、相対《あいたい》するのは人ではないのだ。人の動きの内に影が生まれ、音が響くのではないか。人であるがために、心の動きが生じ、その気を摑むことができるのであろう。

政治郎は、ここからそんなに遠くない豊島町に町道場があると聞いていた。秋の空には雲一つない青い色が続いていた。風もなく暑い日だった。近くの堀川には、猪牙舟《ちょきぶね》が舫《もや》ってある。波一つないが、きらきらと水面がきらめいている。政治郎は、古い袴を着け編笠を被《かぶ》り、めっきり浪人姿のまゝで江戸の町に溶け込んでいる。小半刻少し歩いた場所に小網神社があり、辻を右に折れた所に、「小笠原道場」の古びた看板が見えた。原という文字が、剝《は》がれ落ち読みにくいが、原に違いない。広々とした館《やかた》があって、中に入っていくと、玄関の上板に「鹿島一刀流」と黒々とした太文字で書かれてあり、下にはさらに大きな太文字で「小笠原道場」と書かれ、威光が感じとれた。心の内を整《ととの》えて玄関の扉を叩《たた》くことにした。

「たのもう」「たのもう」

しばらく刻をおいてから、「なんだ、お前は」と、門弟と思われる稽古着の若い男が出てきた。

「わしは甲州浪人、清家政治郎と申す者、弟子として当道場で剣の稽古をしたく存ずる故、場主に取り次ぎをしていただきたい」「道場破りか」「いや、門弟となって稽古をしたいのでござる」「しばらく」「わしは、小笠原道場師範代、津屋三条じゃ、場主は来客があり忙しい、承りましょう。門弟の着替部屋まで上がってくだされ」「申し訳ござらぬ」「して、清家とやら、入門したいと聞いたが」「はい、今、深川のお寺に間借りし、藩を辞し浪人をしている者でございます。境内での自然相手の剣の鍛錬にも限りがありますので、一つ門弟として加えていただきたい」「甲州と言ったな、剣の手ほどきのほどは、いかに」「藩内にある心神一統流を継ぐ道場で少々、稽古をしたほどでございます」

津屋三条は、三十代半ばの年頃だろうか、長身で端正な顔立ちをしている。立居振舞も無駄のない隙のない身のこなしをしている。政治郎は、剣の遣《つか》い手とみた。

「よし、皆《みな》、手を休めてくれ、ここにいるのが入門を申し出ている清家政治郎殿だ。甲州で心神一統流を使っていたという。今は浪人の身の上だが、剣の道を学びたいと言うことだ、みんな仲間の付き合いをしてくれ」「よろしくお頼み申す、故あって浪人の身をしているが、剣は忘れることができないのです」「清家殿、門弟とお手合わせをお願いしたいと思うが、いかがか」「分かり申した」「得物は、いかにいたしましょうか」「木刀でも竹刀でも」「初の手合わせであるから、竹刀でやるがよい。吉川、立ち合え」

訪《おとな》いを告げたとき、顔を見せてくれた者が吉川様か、歳のほど政治郎と同じ頃のように見えた。小袖に野袴《のばかま》で来てよかったと清家は思った。青眼で構えてきた、少し強《こわ》ばる顔付きを見せている。腰を下ろしているが、少し硬い感じがする。
いきなり青眼から間を詰め、胴払いにきた太刀筋は見えた。清家の一閃《いっせん》、右側腹
突きが決まり吉川は顔を顰《しか》めた。
「それまで、次、梶田、行け」八双の構えで間を詰めてきた、足を摺る音を確か
に耳にした。袈裟《けさ》斬りか。二歩退き、青眼から正面に振り下ろす疾さがない、竹
刀で受けとめ一瞬、胴を薙《な》ぐと、梶田と呼ばれた門弟は「う～っ」と声を出す。
「それまで」と、またも津屋三条の底響きのする音声《おんじょう》がした。道場の西入口の
所に、いつしか知らぬ間に若い娘が座っていた。色が抜けるように白く整った細
面ての顔立ちの女人であった。これほど多勢の門弟の内で、女人一人《ひとり》が弟子とし
ている訳がない。しかし綺麗な女人だ、入門の試合中に何を考えているのか、こ
のわしは……。
「清家、わしが相手しようぞ」「はい、お願いします」
津屋の鋭い眼光が、清家の全身に注がれている。隙も見られない、青眼の構え

で追ってきた。竹刀の先が太く大きく見える、腰の構えが深く定まっている。疾くて華麗《かれい》な太刀捌きと見た。法禅寺の木の葉剣法を頭に描き、青眼の構えを清家はとった。影も音もない、門弟の多くいる道場に幽かな音もない。先の二人とは裂帛《れっぱく》の気合が異なっている、強い剣先威圧が感じられた。二人とも動こうとしない。だが、清家が左に体が揺れると同時に、津屋が青眼から上段に上げ、袈裟懸《けさが》けに振り下ろした一瞬、胴薙ぎが襲《おそ》ってきた。半歩退いたが、胴の右に痛みを幽かに感じた。清家は、青眼に構え直して、左から右への袈裟懸《けさが》け胴薙ぎに走った。津屋は一歩退き躱《かわ》すが、瞬時に右籠手《こて》を清家は、攻めたてた。幽かだが手応えがあった。「それまでじゃ」と、四十代と覚える胸板の厚いがっしりとした男が立っていた。

「清家とやら、わしは場主の小笠原與三郎じゃ、こちらにいるのは、娘の美弥だ。弟子を許す。藩を抜けた訳は言わなくていい。が、心神一統流と津屋が言っていたが間違いはないか」「はい」「甲州と言うからには、古関玄之助ではないか。懇意にしていた訳ではないが、名ぐらい知っているぞ」「はい。師匠でございます」
それから少しの間、古関道場について話を交わしたのち、小笠原道場を出て、茜色に染まっている夕暮れの堀川を歩いた。清家の気持ちは、いくぶん爽やかなものだった。久しぶりに剣の捌きに少しながら満足はしている。木の葉と異なり、人の動きに応じていくのだから。何げなく袴の裾を見ると汚《よご》れの中に少しの破れがあった。津屋殿に間一髪、剣先をみまわれたのだ。「こんなことでは、まだまだじゃなあ」と、清家の顔から小さな笑みがこぼれた。

小笠原道場に通うようになってから幾月過ぎたのか。堀川に吹く風も身に凍《し》みて寒い。垂れ下がった柳の小枝が道を掃いている。猪牙舟も二艘しか見当たらない。清家は、酒は嗜《たしな》む程度で、蕎麦やおでんには目がいく方である。いつものように稽古を終えて、道具袋を肩に掛け、部屋から廊下に出ようとしたとき、美弥と出合ってしまった。

「あのう、清家様、もうお帰りですか」「はい」「私も以前、ほんの少しですが、剣の稽古をしたことがあるのですよ。恥ずかしいのですが、洗濯をするときや、お米を研ぐとき、また廊下を掃いたり、かがんで雑巾で拭いたりすると、身が重く身のこなしが大変なんです。体の目方が増えたんです。そこで稽古をすれば少しは減るかと思ったのですが、しかし、あまり変わりませんでした」

なんとも言えない美しい笑顔が、目の前にあって清家は、胸に動くものがあった。そうだ、左夕姫も同じことを言っていた。年頃の若い少女から大人になろうとする女人の考えることとは、同じなんだと清家は含み笑いをした。そんな美弥様は、細身で少しも肥って見えない。

「場主から聞いたのですが、美弥様は道場の生計《たつき》から暮らしの全てを担っていると言っていました。それはすごく大変なことですね」「母上が、私が小さいとき、流行病《はやりやまい》で亡くなり、父が何かと手を出していましたが、今は私がやっております」「たまには、剣の方も相手をさせてください。美弥様と手合わせできれば、嬉《うれ》しくて不動智《ふどうち》になるかもしれません」

もう、この道場で一年も経つ。師範代の津屋三条に次ぐ席にあることを場主も認め、門弟たちもそう思っている。吉川もいつも手合わせを申し出てくるし、他の門弟とも心を許して干戈《かんか》を交えることが、時を忘れさせた。稽古を終えて、吉川と二人で道場を後にして歩きだした。吉川は、近くの大名家に仕える下士の次男だという。堀川端の小さな祠《ほこら》のあるところで、「清家、直ぐそこのおでん屋で、少し腹の足しでもしていこうぜ」「あ、そうだな」

二人は、「伝助」という店に入った。座台に腰を下ろし、店の中を見ると、一組の老夫婦が、おでんで酒を飲んでいた。おでんの具をいくつか頼み、酒はなかった。吉川は手元のお茶を口に付け、すゝりながら言った。

「わしは、清家どのを初めて玄関で会ったとき、道場破りと思い込み失礼しました」「そう思わせても不思議ではない、なんの書き付けもなく手ぶらで道場の門を叩いたのだから」「いや、時に同じような方が門を叩くことがある」「ただ私は、道場破りという剣の遣い手が嫌いでな、元いた藩の道場で何度か道場破りと立ち合ったことがある」と、清家は、言葉を継いだ。
「だいたい、道場破りという仕事まがいのことで、銭を稼ぐのはおかしいのだ。大工や左官とか、棒手振りの蜆《しじみ》売りとかなどは立派な仕事であろう。道場破りで生業《なりわい》としているのは許せない。もう一つ、用心棒もそうだ、銭をもらって腕を貸す訳だから、いいように思えるかもしれないが、褒《ほ》められたものではないだろう」「う〜ん、もっともだな、清家」

今日の小笠原道場は、若手が門弟に入ってきたので、四十名を超える剣士で混み合っている。師範代の津屋三条が「清家、どうじゃ稽古の方は進んでいるか、あの籠手は鋭い一手やったなあ」「いや〜。師範代、わしも後で袴を見たら裂《さ》けていた、あの太刀を躱すことができなかったのです」「あの手練れの技を見ると、藩にいたとき道場ばかり通っていたのではないか」と誉めそやすので、謙遜しながら述べた。

「いや、なかなか抜けることのできない勤めもあって、空いた時刻をみて算勘の整えとして、帳面を付ける仕事も担っていたので、とても……」「そうか、役廻りとしては、大変やったな」「殿の側廻衆として雑用を引き受け、宿直《とのい》もあり、さらに算盤勘定もこなすことに相なりました。しかし、ありがたいことに、算盤の方は、殿と姫、奥勤めの払いだけであり、帳面にして財務を担っている勘定奉行に報告をさせていただきました」「そうか、若いので勤めを押し付けられたかな」「はあ、師範代、ここでしばらく道具の手入れをさせていただきます」

「……」

と無言の師範代に頭を下げた。しばらくして、声を掛けられた。

「あら清家様、今日は居残りして道具のお手入れですか」「はい、美弥様、太刀を」

「そうそう聞きましたよ、吉川様に。堀川端の伝助というお店でおでんを食べて美味しかったと。今度、私を連れていってください。お汁粉もお美味しいと聞きましたよ」「お汁粉ですか、いいですね」

この江戸の町も冬の訪れとともに、風が強く吹き辻々の角の辺りで砂が巻き上げられ、顔をそむけて歩いている人をよく見かけるようになった。堀川の川遊びの、あの賑わいも今は見られない。穏やかな流れの中に岸の柳の影が映っている。道場では相変わらず門弟たちの熱が満ちている。八つ半頃、門弟になって二月《ふたつき》も経っていない村上が声を荒げて道場に駆け込んできた。

「師範代、師範代、玄関に浪人が手合わせを願いたいと参っています。なんといたしましょう」「どんな輩《やから》だ」「三十路を少し超えているように見えましたが、浪人銀杏が乱れ髪に髭《ひげ》もじゃの六尺に近い大柄な男です」

「道場破りではないか」道場の西入口に、男は立っていた。「その通りじゃ」「勝手に入ってきては、無礼ではないか、ご浪人」「そこの若造が、もたもたしているからじゃ」「して、お名前は」「相州浪人、権藤又一郎と申す」「わしは、師範代の津屋三条だ」「直ちに手合わせ願いたい、場主はいないのか」「いや今、重要な客がみえている。場主の考えで、当道場は他流の試合は避けるよう言われているる」「逃げの一手か、ならばその代価を包んでもらいたい、三両は下らないぞ」

「なんと」「手合わせするんだな」

「みんな手を休めてくれ、ここにいる権藤氏との一本勝負を行う。得物は竹刀で。吉川、いけ」「はい」「師範代、得物が竹刀とは、手ぬる過ぎる。木刀にせよ」と権藤が嘯《うそぶ》く。「……」

その遣り取りを聞いて、戸惑いながら清家は言った。「吉川、相手は膂力《りょりょく》が人並み以上だぞ、流せ」と言うと、師範代は「吉川、立ち合うのか、どうじゃ」と改めて尋ねた。「はい、立ち合います」

道場の中央に腰を少し落とし、どっしりと構えている権藤の姿は、正に仁王像に似ている手練れだ。吉川も青眼に構えて、自分の間合いをとった。権藤は少しも動かない。眼光だけは鋭く居抜くようなまなざしだ。吉川が素早く面を取りにいくが、左に大きく弾かれ吉川の体勢が少し崩れると同時に、上段から腰の入った振り下ろしを権藤はみせた。膂力のある権藤の太刀筋を、吉川は左に体を少し躱して右に緩《ゆる》く太刀を受け流す技をとった。その刹那《せつな》、胴薙ぎできた。吉川は少し後ろに身を引き、躱そうとしたが遅れ、腰の前面を擦《こす》られる。

「それまで」

師範代の声に、権藤は悔しげなまなざしを津屋に送り、吉川を睨《にら》みすえた。とことん打ち果たすつもりだったんだろう、と清家は思った。

「次、梶田行け」「はい」

梶田は、八双に構え権藤の隙を見ていた。青眼に構え、微動だにしない権藤。

梶田が右から袈裟懸け、胴薙ぎ、逆胴薙ぎと連続で仕掛けたが、一歩二歩と下げられ、見事に空を切った。直後、権藤の上段からの袈裟懸けが梶田の右肩を襲う。左に体を躱したが、鎖骨に打ち込まれる。骨が砕けたかもしれない。

「それまで」「よし、次、清家いくか」「はい」と答えると、権藤は「雑魚《ざこ》はもうよい。師範代どうじゃ」と応じた。清家は「雑魚ですか。雑魚にやられないように願う」と言った。すると権藤は「何を若造が」と叫んだ。清家は、木刀を下げて立ち合った、強い殺気を感じた。権藤は、二試合と同じように青眼に構えている。二人とも、先ほどから動かない、静寂が道場の内に充ち充ちていた。二人の殺気が津屋にも受け取れたのか、渋い顔が青みがかって見えた。清家は、木の葉の枝を思い浮かべ、遠いところを見つめているような、見ていないような様子で居合わせている。清家が下段から青眼に木刀の構えを移す。とそのとき、権藤の上段からの一撃が襲ってきた。清家は、体を後ろに躱しながら右に緩く太刀を流したが、腕に痺れが残った。しばしの間があって、清家がいきなり権藤の右脇腹を目がけ、疾い突きを入れた。手応えを感じたが、返す太刀で右手の下がった権藤の籠手を打ち据える。

「それまで」道主のひと声に、権藤の右手はだらりと下がる。木刀を握る力がなくなったのであろう、左手にそっと持ち替えた。道場の内に、ざわめきが起こっていた。津屋は言った。

「清家、今の技は、わしと立ち合ったときと同じ技法やなあ。はぁはぁはー、日頃からお前が言っていた〝影〟だな。権藤が上段の構えに入る前に、一歩踏み出し突きを入れていたぞ、何かによって見越した突きとみたぞ」

その言葉に清家は「さすが津屋様、畏れ入りました。右足太股の袴の動きです」と言った。津屋は声を出した。「よくやったぞ、わしは命名するその技を、影落としとしとな」「……」

深川の法禅寺に戻ると、ちせが待ちかまえていたように来て、文を差し出した。紙数の多いかなり厚いものだった。裏を見ると間市之倉からのものだった。母上や弟からこの寺に厄介になっていることを知ったのだろう。清家は少しばかり嫌な予感がした。不安な気持ちで封を開けると、几帳面な間らしい、細く小さい文字で紙一面が埋まっていた。

『高萩藩で今、話の渦となっているのはお主のことだ』との前置きがあった。読み終えた清家の顔を見るのがつらいほど、落ち込み悲歎にくれている姿があった。

文によれば、側廻衆の御用金八十両ほどが帳面と金子が合わないとの騒動が起こったという。総ての財務を担っている横目付の乾善之助が、その旨を家老の奥村に告げた。そこで奥村が中心となり、次席家老の西川留萌と乾善之助を呼び付け、詳細を質した。調べが進むと、一般の財務でない、特別の方、いわゆる側廻衆の算勘の欠損が認められたという。

『ここで、誰かが、ぼそっと言ったことが真実のように膨らんでいる。それは、清家が藩を去るとき、八十両の金子を持って出奔《しゅっぽん》したというものだ。金子は、どれだけ懐に入っていても足りることはないだろうと言う者もいたようだ。しかしながら、これという確かな証拠も見つからないので、母上や弟君に求めるという話も起こらない。だから、弟君はこの話は知らないだろう。それに、もう一つ困ったことが起きているのだ。あの横目付の乾善之助だ。清家は藩にとって益《えき》となることはなく、藩の威厳に疵を付けることになる。殿の命により打ち果たすことも考えないといけないと、うそぶいているようだ。もしかすると三郷道場の名倉富明と吉井進に清家を葬るよう命じたかもしれない。あの居合の名倉だ、よもやと思っているが気を付けてほしい。金子のことも、あの家宝藤四郎宗則に誓うと言う清家の顔を想い浮かべている。わしは、前も今もまったくお主に対する気持ちは変わっていない』

陽の傾きかけた頃、道場を充たす賑やかな門弟たちの声に包まれて、清家は控の間で汗を拭いていた。庭では美弥様が落ち葉を集めているのが見え、その姿一つ一つに優しさが醸《かも》し出されている。色香を強く感じて再び美弥様を見たが目は合わなかった。道具を一つ一つ丁寧に拭いて仕舞っていると、美弥様が南の廊下に立っていた。影となっているその姿は神々しく、美しかった。

「清家様、稽古は終わりました。これから伝助へ行きませんか。私、今から着替えて来ますから」「はい、美弥様」

外へ出ると冬空にしては、風もなく暖かく感じられた。綺麗な美弥様とともに歩くなぞ、夢のようだと清家は思っていた。

「この前の権藤様との試合を外の方から見ていました。心がどきどきして手に汗が……、でも清家様は、すごくお強いですね」「いやいや別に、今の方が心の臓が波を打っていますよ。美弥様」「ほんと、嬉しい」「……」

二人は伝助の暖簾を潜り中に入っていくと、二組の客が見え、酒でも飲んでいるのか、大声で話したり、笑い声が聞こえた。おでんとお汁粉を二人分、美弥様が頼んだ。本当に色が抜けるように白く艶《あで》やかな美形の美弥様は、店の中にある客の目を集めた。

「清家様は、お寺で寝泊まりされているんでしょう。ご膳など、どうしているんですか」「和尚様のところに、近くの百姓の女が手伝いにみえているので、ついでに作ってもらっています」「今度、私の作った品も食べてください」「いや〜、それは。場主様も一緒となると咽《のど》が縮んで食べれません」

伝助を出ると、冬場の日暮れは早く、辺りは月の光もなく暗くなっていた。

「小網神社の境内を廻って帰りましょうか」「送っていただいて、ありがとう、ございました。神社の縁日に、露店や屋台がたくさん出ますので、また行きましょうね」「そうですね、美弥様」

こんなことがあって、ある日。

「稽古がすんだら、わしと一緒に場主のところに行くんだぞ」「はい、津屋様。何用でございましょうか」「わしも知らんぞ」

津屋は、清家の言葉を無視するように口をつぐみ、場主の部屋に赴くと、声を掛けた。「津屋三条、清家政治郎、参りました」

「入られよ」小笠原與三郎場主の低く、野太い声がした。

「そこに座れ。実はなあ、津屋。小梅町の田島屋の主人田島正兵衛が見えてのう。田島屋とこの道場は古くから……そうや、先代からか、付き合いがあって、いろいろと便宜を図ってもらっているんじゃが。この度、ぜひ、うちの道場の門弟で一人、お手伝いをしてほしいとのことじゃ。毎日でなくていいから、時折店においでいただければいいそうだ。寝泊まりする所なら前の番頭が使っていた離れがあって、今は誰も使っていないそうだ、という話じゃ」「お手伝いと言うのは、用心棒のことですか」「まあ、それに近いことだろう、津屋。あそこは縁起物を扱う結納店だから、店の前を胡乱《うろん》な奴がいつまでも居座っていると商売にならんから退けてもらう訳だ。そこで、津屋と清家に聞いてほしいのだ。先ず、剣の技がある程度秀でていないと、この道場の立場もある。また、この近在の門弟だと顔が知れていることもある。いろいろ考えると、清家が適任と思うが、どうじゃ。稽古は今まで通り続ければいいし、手当も少しは出るであろう」

津屋も「清家、いろいろ聞いたであろう、どう思う」と、重ねて問いかける。

「場主様からのお話ではありますが、わしのような若輩者でよろしいのですか。また正直に言って道場破りと用心棒は、あまり好きでない態様《たいよう》の人だと思っています。もし、お断りできますものなら、ありがたいと考えております」「……」

法禅寺に戻ると、薄暗い木立から尊海和尚が顔を見せた。

「どうじゃ、清家、ここの暮らしは」「はい。ありがたいと思っています、何せ、ちせ様に大変よくしていただいて申し訳ないと思っております」「そうか、そうか、それは良かった。実は三日くらい前に、武士と思われる二人連れが境内でうろついていたが、わしの顔を見ても、何も言わずに立ち去った。お前の様子を見にきたのかもしれないぞ」

「はい」と返事をした清家は、高萩藩の三郷道場、名倉と吉井だろうと思った。江戸で清家家と関わりのある場所といえば、ここしかない。

道場では門弟たちの覇気に満ちた裂帛の声が飛び交っている。

「よし、皆、今日の稽古はここまでにしよう」と告げる津屋の声が道場の隅まで響いた。各々の門弟が打ち合いを止め、自分の持ち場に戻り、道具の片付けをしている。もう掃除を始める門弟がいる一方で、まだ汗を拭いている門弟もいる。

「津屋様、少しお話がありますが、よろしいでしょうか」「どうした清家」「津屋様は、居合を流儀とする剣士と立ち合われたことがありましょうか」「あゝ、二度ほど真剣でな、命の遣り取りをした憶えがあるぞ」「どのようなことを心得《こころえ》として持つべきでしょうか」「そもそも居合術は、鞘《さや》から抜く刃が鞘に収まるまでの術であり、いわゆる抜刀術である。神速といわれる疾さで、太刀筋が見えてこない。体の動きが小さいのだ」なおも清家は尋ねた。「して、防ぐ手立ては何でしょうか」「お前も知っているだろうが、一の太刀を防ぐといわれている。すなわち一撃目を外すことが秘法となるだろうが、遊びの一の太刀があることを頭に置くことだ。二の太刀、三の太刀が真の太刀筋かもしれない」「ありがとう、ございました」「居合を技とする立合人が現れたか」「そのうち現れると思っています」

清家は寺の自分の部屋に道具を置くと、木刀だけを片手に森に入った。寒々とした冬木立だけが広がる。稽古をした木の葉も今はない。北からの風の音、小枝の揺れ動く幽かな音を捉えることに意を集めていた。木刀を青眼に構え、木の葉が迫ってくることを感じ、木刀を振るった。どの方角からの剣先の動きも捉えることだ。そして半歩、一歩、二歩下がることで、一の太刀を防ぐことにならないか。

第三章　田島屋正兵衛

外は細かな雪が降っているが、積もる気配はない。しかし、この寒さのせいで江戸の町も人通りが、めっぽう少なくなったようだ。堀川端の柳も葉が落ち、垂れ下がった枝が風になびいている。しかし、白い息を吐きながら懸命に打ち合いをしている門弟たちのいる稽古場は少し暖かい。道場の入口の方に、珍しく場主の小笠原與三郎が立っていた。

「清家は、おらぬか、清家は」恫喝《どうかつ》のごとく、割れんばかりの大声が圧を周りにかけて叫んでいる。

「はい、ここに」「あゝ清家か、わしの部屋に来てくれぬか」「……」

稽古着のまゝ、清家は、道具を片付けもせずに場主の部屋に向かった。そして、少し歩を進めて津屋の方を見た。津屋は目くばせで、行けと促している。

「清家政治郎、参りました」「入られよ」

場主の荒々しい声が招じる。清家が部屋に入ると上座には場主が、その前に五十歳くらいの壮年と思える恰幅のよい男が座っていた。ひと目で町人と分かるような小銀杏を結った商人と思われる。

「こちらが、田島屋正兵衛殿だ」「初めてお目にかゝります。門弟の清家政治郎と申します」

場主が紹介すると、田島屋は語り出した。

「日本橋北詰室町で結納屋をさせていただいております。ちょうど先代から八十年くらい商いを続けさせていただいており、こちらの道場の先代様にも厚く懇意にさせてもらっております。今、店には家内と私と娘の三人に丁稚二人と手伝い、番頭が各々一人おります。あと店の奥の手伝いをする小娘がいるので、全部で八人で暮らしております。幸いに店の方は、どうにか賄《まかな》えております。つきましては、先般、清家様にお手伝いをしてもらえぬかとお願い出ましたところ、色よいご返事をいただけておりませんでした。しかし、津屋様からいろいろと清家様のお人柄のことを伺いまして、あっと、心が動きました。人の道と言いましょうか、道理と言いましょうか。そのところを考えますと、清家様のおっしゃる通りでございます。町人には汗を流し、身を粉にして働いても、その日の暮らしがやっと凌《しの》げる人々が多いのでございます」

そこで、いったん息を休めてから、話を続けた。

「師範代の津屋様からも、先日の道場破りと対峙した清家様の様子を伺いました。確か権藤様とおっしゃっていましたが、立ち合ったときの清家様の眼光の鋭さ、威圧を強く感じたとおっしゃっておりました。清家様の心の奥底で権藤様というより、道場破りという道についてては、激しいものをお持ちだと思っています。そこでぜひ、清家様にお聞き願いたいのは、お手伝いは決して用心棒と言うことではなく、実のところ算盤勘定を努めていただきたいのでございます。今、娘が一人で頑張っておりますが、なにせ、家の他の用が多くて難儀をいたしております。

時折帳面の誤りもあって困っております。これも津屋様からお伺いしたのでございますが、藩におみえのとき算勘も勤めの一つだとかお聞きしました。なにとぞ私どもの番頭でも手代でもなさっていただきたく、本日は、まかりこしたのでございます」田島屋の願いに、謙遜するように清家は答えた。

「いやいや、今の田島様の心に滲みる言葉をいただき、深く感じたところです。このご返事はついては、しばし刻をいただきたいと存じます。わしのような若輩で世間知らずの青二才の者が、大店に座っていいものかどうか迷うところです。田島様にご迷惑をお掛けいたすようなことになれば、場主様にもお詫び申し上げなければなりません。一度、懇意にし、人の道を教えていただいている法禅寺の尊海和尚とも相談をしたいと思っています」「それで、よろしゅうございます。ありがとうございます、じっくりとご相談いただければ結構でございます」そう言うと、田島屋は場主と清家に一礼して立ち上がった。場主は腕を組んだまま、あとは清家の一存に任せたように無言で見送った。

暗闇の法禅寺の境内で、清家は一人木刀を振っている。木々の間に人がいるような気配を感じたが、動きはない。闇夜でも影は摑める。音もある。しかし訝《いぶか》しく思えるものは、今はない。遠くで梟の鳴き声が聞こえ、小川のせせらぎの音が聞こえるだけである。翌日の早朝、尊海和尚が目を覚ましていたので、田島屋の話をした。尊海和尚は、にこにこと笑顔をつくり、話を聞いてくれた。そして、和尚は静かに語った。

「清家、多く門弟がいるのに、なぜ、お主に名指ししたのか、考えたことがあるか。腰を据えるという言い方があるが、今の清家に据える場があるのか。この寺にしてもそうだ。道場にしてもその場といえるのか。坊主になるという意志があるのか。道場の師範になると努力をしているのか。

わしには、そうは見えない、腰を据える場がないのだ。剣の道も、鍛錬はしていても、なんのために、上達しても、その先はどうするのか。今は若いが、この先どう生きていこうと思っているのか。目が自分の方ばかりでなく周りの人たちや、暮らしに懸命に力を注いでいる民にも注いでほしい。このことを、とくと頭に入れてほしいぞ、清家。田島屋のことで場主は、お主を推《お》す確かなものを持っている。近在の旗本や御家人の二男、三男では、親が許す訳がない。江戸の町から遠い郷から出てきた清家だから顔も知られてないからだ。そして、剣の腕に覚えがあることに附加がついて選ばれたのだ。田島屋に参られよ」「はい、和尚」「しかし、丁稚か手代としてだ。番頭なぞ言われても断ることぞ。年も若いし、商いの術《すべ》もなく素人だからな」「はい」念を押すように和尚は、清家の顔を見つめていた。

道場の庭に植わっている、蠟梅《ろうばい》の黄色の花が見事に咲き誇っている、大和連翹の花も山吹きの花も、そして福寿草と春を告げる花は黄色のものが多い。庭の主のような古木の梅は、黄色でなく白を彩《いろど》っている。

「場主様、入ってよろしいでしょうか、清家です」と声を掛けると、「あゝ清家か、入れ。そこに座ってくれ」と返ってきた。部屋に入ると、場主は文机に向かって背筋を伸ばし、書き物をしている。今日は普段着であるが、威厳を漂わせている。

「田島屋様のことですが、お世話になろうと思っていますが」「そうか、そうか、受けてくれるか、田島屋も喜ぶぞ。道場はこのまゝ続ければいいぞ」「ありがたく存じます、ですが、一つお願いがございます」「なんだ」「田島屋での呼び名でございますが、丁稚か手代にしていただきたいと存じます。いかがでしょうか」「う〜ん、なぜだ」「年からにしても、番頭と呼べる頃合いではないし、商人としての経《へ》たものも何もありませんので、ぜひお願い申し上げます」

清家の話に場主は、納得したように継いだ。

「よし、田島屋に話しておく」「近いうちに田島屋に行って参ります」「そうしてくれ」

気持ちよく汗を流すと清家は、道具の手入れをしながら、ふと庭を見る。と、美弥様が、梅の花びらが散り落ちているのを掃きながらこちらを見たように思えた。清楚で美しい人で、笑顔がとても人を惹き付けると、初対の姿を見たときから思っている。日本橋の田島屋まで半刻はかゝるので、もう行かねばと立ち上がった。日本橋、江戸橋と、人通りの多さにびっくりしながら清家は向かった。「お願い申し上げます、わしは、清家というものですが、店主の田島屋正兵衛様はおいででしょうか」「はい、これは清家様、どうぞ、どうぞお上がりください」「え～。田島屋様、あの絵額は長谷川等伯ではありませんか」「いや～。清家様、あの絵が分かる人はあまりいないのですが、よくご存知で」「はい、子どもの時、絵草子で見て」「先代が京の都より買い求めてきて、帳場のよく見える所に飾ったんですよ。奇妙な絵ですので、お客様がよく誰が描かれたのか尋ねられます。そのことを話題にしてお互い心を通わせるということもあります」

じっと絵を見てから、清家は嘆息した。

「さすがに老舗の先代様はすごいものを持っていたんですな」「そうでございます。お客様との話もあるので、少し調べてみました。等伯は能登七尾の出と言われています。都へ出て狩野永徳との絵の技法についての競いは、永徳が亡くなるまであったようです。この絵は、迦陵頻伽《かりょうびんが》図といって、上半身はふくよかな女性菩薩で、極楽浄土に棲む六種類の一つという……」「なるほど、迦陵頻伽ですか」「絵の方はこのくらいにして、どうぞ奥へ」

と促されるままに、清家は、田島屋の奥に足を運んだ。部屋には女人が二人が田島屋の側に控えていた。清家は一礼してから座ると口を開いた。

「田島様、先日のお話ですが、お受けしとうございます。いたって若輩の者ですし、商いについては何も分からない素人ですから、ご迷惑をお掛けすると思いますが、よしなにお願い申し上げます」「あゝ、そうかそうか、よかったよかった。こちらこそ、よしなにお願いします」

田島屋は、そう言うと、傍らの若い娘の方に顔を向けながら言った。

「今お茶が入りますので。この子が娘のひさです。後ろに控えているのが、家内のよねでございます。同じようによろしくお願いします。この他に番頭一人と手代一人、そして小僧が二人おります。奥の手伝いの鈴を入れてこの家に住んでいるのは全員で八人でございます」

清家は深々と頭を下げて言った。

「清家政治郎と申します。今、剣の鍛錬で小笠原道場にお世話になっております。今後についてもよろしくお導きくだされ。田島屋様、今日は、お顔合わせと思い参りましたので、これで失礼させていただきます。それにしても、あの帳場の迦陵頻伽の絵のように、菩薩の衣に乗って浄土に参りたいものですな」「はああ、まったく、その通りで」

明の六つ半。清家は、まだ布団にくるまっていた。戸を叩く音で目が覚め、左手で柱に立て掛けてある藤四郎宗則を手にし、立ち上がった。
「どなたでございますか」「すみません、朝早く」「その声はちせ様。今開けます」「清家様、お文です。受け取ってください」「いつも、ご足労をお掛けしてすまぬ、いつ頃届いていましたか」「昨日のことですよ」

名倉からだが、剣を交えたいので、場所と日刻を藩の上屋敷まで知らせてほしい、とのことだっだ。もう藩との縁もなく繋がりも絶えて久しい。武士でもないわしに命の遣り取りをしようとは、情けない。尊海和尚に言われた言葉を思い返していた。「腰を据える場と思い、商いの手習いをしたいと、田島屋にお世話になっている身ですぞ……」

清家はため息をついた。しかし、受けて立つしかないだろう。布団に入るが、なかなか寝られそうにない。風が少し強めに吹いているのか、戸板が揺れている。剣のこと。田島屋のこと。それになぜか左夕姫の青白く少し頬のこけた美しい面影が浮かんできた。それを消さないようにしていると、「政治郎様、もっと優しくしてくださいい」との左夕姫のささやき声が聞こえたように思った。


道場で吉川との激しい打ち合いを小半刻も続けて、汗が背中に流れ落ちるのを感じた清家は言った。

「吉川、近頃あまり手合わせしてなかったが、かなり上達したな」「いや、とんでもない、まだまだですよ」「どうだ、稽古が終わったら伝助でも行こうか、久しぶりやな」「いいなあ」

二人が暖簾を分けて店に入っていくと、客は多かった。奥の床几《しょうぎ》に座り蕎麦を頼んだ。
「清家様、田島屋に行くんですか」「まあ、そうだ。だが道場には今まで通り行くぞ」「もう武士は止めて、商人として生きていくのですか」「そこのところだが、未だ引っかかっているのだ。剣は捨てられないし、影落としもまだまだ未熟だから……」とはいえ、商人にもなりきれない気がしている。法禅寺の尊海和尚の言う「腰を据える」場はどこなのか、掴めないのだ。しかし、今は田島屋様しかないのだ。

また、左夕姫の夢を見た。萌葱色《もえぎいろ》の小袖を着て西の丸の廊下に立っていて、寂《さび》しいまなざしでこちらを見ていた。はっとして目が覚め、「夢か」と口に出してしまった。外は田畑を潤すように穀雨が降り続いている。夢に現れた左夕姫のことを忘れるように頭を切り替えて起き上がった。

その後清家は世話になっている田島屋と、遣り取りしていた。

「いや、清家様、算盤勘定は確かなものですなあ。綺麗な数字で見やすいですぞ。ひさも見習わないとな」と田島屋が言うと、娘のひさは「え〜え、私はいいかげんですから」とむくれた。

「はぁはぁはぁ〜、そう怒るな、助かっているんだぞ」田島屋は、真からそう思っているように見えた。その言葉を清家は押しとどめるように言った。

「田島屋様、その清家様は止めていただき、手伝いの政治郎と呼び捨てにしてください。わしも武士の言葉を使わないようにします、ご主人と呼ばせてもらってよろしいでしょうか」「あゝそうだな。互いに堅苦しいことは抜きにしましょう」「それにしても、商いの品数、種類の多さに驚いています、婚礼に関する衣装から簪から扇子、足袋、紋付袴、結納品の数々まで、所狭《ところせま》しと飾ってあるのに老舗を感じとりました」

田島屋には、見世棚にも品物が落ちてくるかと心配するくらいの品が置いてある。間口四間半はあるという老舗の結納屋は、お客も賑わっている。厚い濃紺の生地に白く染め抜いた太字で、田島屋と描かれているのは見事な暖簾だ。若い男の声で飴売りの軽やかな声が表の道に聞こえてきた。


道場では斬撃が止むことはなく、木刀の打ち合う音が場内に響いていた。夢に現れた左夕姫の姿や、これからの田島屋で働くこと、剣の鍛錬などさまざまな思いがよぎり、清家はどこか気がそぞろになっていたのを見透かすような師範代の声が道場に響いた。

「清家、今日は少し剣先に魂が足りないぞ、何かあるのか」「はい、師範代。いや、何も」「それならよいが、何か心に籠もっているのかと思ったぞ」「はい、申し訳ありません」

自分の心のほんの隅にあるものが、津屋師範代に悟られるとは……まだまだ心は未熟だ、もっと研《みが》かねばならない。いかなる苦境にあっても、常に穏やかさは心から消してはならない。わしの影が師範代には見えたのか。このとき、道場の庭に添って廊下が伸びている向こうから、よく通る高い声で、「清家様、清家様」と、美弥様の呼ぶ声がした。急いでいるというより、抑揚をつけた呼び方である。

「はい、ここに」「清家様、小網神社の祭礼が明日開かれるのですよ、お約束は覚えておいでですか」「は〜、はい」と返事をしていた。


田島屋に戻ると、「政治郎様、ご膳は居間に置いてありますよ、今お茶をお持ちします。商いがありますので、皆さんご一緒にいただく訳にはいきませんけど」「ひさ様、ありがとうございます、いただきます」「政治郎様は背も高く、美大夫ですから若い娘が寄ってくるんでしょう」「いや〜、ひさ様、そのところは、とんと」「そ、そうでしょうか。あ、あの父上が帰ってみえたので……」と言うと、ひさは去っていった。入れ替わるかのように顔を出した田島屋は、しみじみと口にした。「あれも少し憐れのところがあってな、染物屋の大店に嫁したのだが、子に恵まれないばかりに、十年前に離縁させられてな。ひさも姑に仕えてよく働いてきたのに」

なるほどと清家は得心した。

「年は若いのですが、わしの母上にどこか似て優しいです、ひさ様は」

清家は翌日、田島屋の帳場で几帳の下に高く積まれた商いの品々を一つ一つ手に取って、売上の値をいくらにしてあるか、金額を帳簿に書き込んでいる。近頃、番頭の香川からも手代の政治郎と呼ばれ、小僧の吾助からも政治郎様と呼ばれ、いよいよこの老舗の田島屋に馴染んできたものだと思った。そして小網神社の参詣道も雨が上がり涼しさもあるのか、境内は人で賑わっている。美弥は浴衣掛けの軽い装いであるが、美しさを見せ、行き交う人々が振り返り視線を集めている。二人は茶店の床几に座り、ねり飴を口にしている。参道の両側に屋台が並んでいる。少し歩くと幟《のぼり》が見えてきた、近くに寄って見ると「蝿縛り居合術」と書いてある。その幟に指を差して清家は口にした。

「美弥様、あれを見たいのですが」「いいですよ、見ましょう」

大勢の見物客に囲まれて、総髪撫付《そうはつなでつけ》をした四十路にはなっているだろうと思われる男が立っていた。汚れた野袴と髭が細身の体によく似合っている。剣の腕も相当な使い手であろうと清家は思った。

「これより、提燈斬りの技をお見せしよう、居合は疾さだから、今のうちに目をこすってよく見えるようにしてくだされ」

竹竿《たけざお》の先の糸に「献燈」と書かれた提燈が、ぶら下がっている。腰を落とし居合の構えをする。左手が鞘を握っている。その小指が強く力を込めて握られた瞬間、一閃の動きをとった。真剣が元の鞘に収まっている。片手斬りだが、見事、提燈は大きく口を開け切られている。鞘は少し体の中心の方に移っている。瞬時に、左手に隙が生まれるように見えた。次は、竹竿に白い大根がぶら下がっている。重さがあるのか幽かに揺れている。居合の構えに入る。左手で鞘を握っている小指に、力が入るのを感じた一瞬、双手の胴薙ぎが左右からあった。下を見ると、大根の輪切りが三つ転がっていた。見物客は息遣いもなく、何一つ物音もない。終わったのに気づき、ざわざわと騒がしくなったようだった。

「よ〜し、これが最後だぞ、よく見とけ、ごまかしやいかさまではないぞ」と言うと、後ろに置いてある箱から糸で胴を縛られた蝿が一匹取り出された。竹竿に結ばれた糸の長さだけ、自由に蝿は飛び回っている。蝿はまったく予測不能な不定な動きをしていた。清家は木の葉の鍛錬を思い出し、正に木の葉斬りだと思った。美弥は道場での稽古を思い、真剣なまなざしを送っている。左手を鞘に、やはり強く握った小指、一瞬右手が右上に薙いだ。鞘に収まったところは、体の正面に近かった。鞘も当然動かしているが、納刀には少し隙があった。頭のない蝿がぶら下がり、頭は莚に転がっていた。前に置かれた椀に美弥が小粒を入れた。多勢の人々も美弥に倣って入れた。嘘、偽りのない剣士だからであろう。二人とも余韻を残して参道を歩きだした。

それからいく日か過ぎて、田島屋で清家は、小僧の吾助に言った。

「吾助、頼みがあるんだが、聞いてくれるか」「なんでしょうか、政治郎様」「この文を駿河台小川町にある高萩藩上屋敷に届けてくれないか」「こちらの姓名《なまえ》はお伝えしますか」「頼まれただけと言ってくれ」「はい」「これ駄賃だ、それからご主人には、わしから話しておくから、お汁粉か蕎麦でも食ってくればいい」

田島屋の離れは小さな土間があり、二間が続いてあった。法禅寺より広く使えるので嬉しい。裏に大きな欅《けやき》の木があり、日蔭をつくっている。木刀を振るのも、この木の下で行っている。朝の庭掃きも、落ち葉や欅の皮がよく剝がれて落ちているので欠かせない。

「政治郎様、お茶を持って参りました」「あゝ、ひさ様」「今日は、父上が寄り合いで頂いた和菓子がありますので食べてください」「はい、ありがとうございます」「いつも、帳簿付けや勘定の方、任せてすみません。私ももっとやらないと」「いや、ひさ様はお忙しいので、かまいません。私もあまりしっかりはできませんからね」と清家が口にすると、ひさは手に持っていた風呂敷包みを差し出した。

「それからこれ、母上が縫った一重《ひとえ》ですが、政治郎様に着てほしいと」「よろしいのですか。母上様に申し訳ありません」「政治郎様、洗い物や、繕い物がありましたら出してくださ い、私がやりますから」「いろいろ気を使っていただき、申し訳ないです」

そのとき、慌《あわ》てた様子で小僧の吾助が戻ってきて言った。

「政治郎様、門番の方に渡しました」「何か言われたか」「いや、何も言われなかったです」

清家の頼んだ文の中味は、名倉富明に宛てたもので「十四日七つ、須崎町の長命寺持仏堂で」と認《したた》めたのである。持仏堂には何度か訪れたことがあり、参拝もしたところである。名倉は、その場所を知らないとなると、事前に様子を見に来るであろう。居合が相手だから、後ろに空き場があることが肝要だろう。石燈からも離れて構えることだ。しかし、清家には不安があった。真剣での干戈がまったくないからである。木の葉鍛錬のときは、真剣で葉っぱを切ったが、人とは違う。

今日の道場は、稽古の熱で充ち充ちている。吉川も梶田も若いだけあって上達が早く、いずれすごい使い手になるだろう。

「どうや清家、手合わせしてくれるか」「あゝ、師範代様、居合でお願いできれば、ありがたいです」「近いうちに命の遣り取りがあるのだろう、居合を遣う奴と、顔に浮かんでいるぞ」「はい」「じゃ、いくぞ、よく捌きを見とけ」

師範代は腰を落として、木刀を握り構えた。左手に鞘はないが、一瞬小指が動き力を入れたように見えた、と同時に胴薙ぎがきた。疾い。半歩退くのがやっとだ。諸手で上段からの袈裟懸けをかろうじて受け止め、体勢が崩れたのを直すのに精一杯だ。とみると、一瞬納刀し小指をも握っている。清家が青眼に構えていると、左手の小指に力が入るのが見えた。と同時に、胴薙ぎが来る。二度目の型なので、少し安堵《あんど》の気があったのか、半歩退いたが、袴の結び目に剣先が触れた感じがした。

「これまで」との声で、清家は木刀を収めた。

「何か掴めたか」「はい、影です」「影とな」「師範代の胴薙ぎの寸前、鞘はないが、左手の小指が幽かに動き力が入るのが見えました。真剣だと鞘があるので動くと思います。これを影と思っています。祭礼のとき見た居合術の剣士も同じように左手小指が動きました」「う〜む」「見える影です」「見える影と見えない影があるのか。もう一つ、納刀のとき鞘はないが、左手に隙が」「できるというのか」「はい」と答えると師範代は「そこまで極めているのか」と清家を見直したように言った。そこへ突然、美弥様の声がした。清家のまったく気が付かないうちに、道場の中に入り、美弥様はこの試合を見ていたのだ。

「清家様、真剣で勝負なさるのですか」「あゝ、美弥様、はい、藩が追い手を刺客として送ってよこしたようです」美弥様の顔が青ざめた。

「心配はいりませんよ、美弥様。剣の技は優《すぐ》れていても邪険、後れをとることはありません」

美弥様が黙り込むと、その場に場主が現れた。

「清家、いい所にいた、頼み事があるのだが」「はい。場主様、なんなりとお聞きします」「これから鐘淵《かねふち》の近くの多聞寺へ、美弥と一緒に行ってくれぬか」「はい」「泰然和尚に書簡など入った行李を返してほしいのだ。和尚への付け届けは、美弥に持たせてある」「はい、かしこまりました」

二人は、向島の堤の木々の下を歩いた。

「清家様、この堤は桜の時期になると、賑わいで大変な人混みですよ。この桜並木は聞くところによると、珍しい早咲きの重ね桜といわれています」「重ね桜ですか。立派な並木ですな」

今戸の渡しを見ながら、長命寺の横の大道を歩いていると、声を掛けられた。

「清家様、美弥様」「あゝ、誰かと思ったら梶田じゃないか」「はい、竹屋の渡しのところの水戸邸の裏に小さい屋敷があります。父上が水戸藩の馬廻りの組をやっておりますので」「なるほど、そうか。梶田、そこの出茶屋に寄っていくか。美弥様、よろしいいか」

出茶屋に入ると、梶田が口を開いた。

「美弥様、いつも吉川が、美弥様、美弥様、と言っておられますよ。吉川は美弥様をお慕《した》い申しているのです」

美弥様は耳の辺りまで朱くなった。

「梶田様、冗談はお止めくださいさい。このお汁粉がまずくなります」二人が笑いながらお汁粉をすすった。ここからどちらへと梶田が言った。

「父上の用事で鐘淵の多聞寺へ」「そうですか、私はここで失礼します、清家様、ごちそうになってよろしいか」

多聞寺の住職泰然は、「美弥様といったな、父上は健在であろうな」と言った。

「はい、いたって元気にしており、門弟たちに太刀を使って力をつけております。こちらにみえる清家様とは、特に時間を忘れ長々と稽古しております」「そうかそうか、剣の道に励むのが、いつも漲《みなぎ》っていたからなあ、かといって勉学の方も論語や孟子、孔子と書物に耽っているときをよく見かけたなあ」

住職への用事をすませた二人は多聞寺をあとにして、小松島の渡しへ差し掛かった。そこで、人だかりが目についた。清家が人込みの中を掻き分け前に出てみると、やくざ風の男が三人、小刀を握って立っていた。一番年嵩《としかさ》の小肥りの男が親分格であろう。相手は一人の浪人で、鬚と総髪撫付の髪が乱れに乱れた不精の男だった。よく見ると、小網神社の境内での居合術の浪人であった。「わしは、直ぐそこの小笠原道場の門弟、清家と申す者だが、親分と見て、お願いをいたす。この争いのいわれは知らないが、白昼、人通りの多いこの辺りで、刃物を振り廻すのは止められたらどうじゃ」「そこのうす汚い浪人が茶屋の通路で、足を広げてわしらの通るのを、邪魔をしたからじゃ」「いや、親分、そこの浪人を少しばかり見知っているのだが、そんじょそこらの浪人とは違って剣の遣い手でな、居合の達人で、一閃で蝿の頭だけを斬り落とす達人なんですぞ」「今日は、この清家という青二才と小笠原道場に免じて小刀を収めてくれぬか」「小笠原道場がからんでいるなら仕方ねえ、おいみんな引き下がるぞ」「わしは、三島謙之丞と申す浪人。このわしを見知っていると言ったが……」「小網神社の境内で、見事な腕前を見せていただきました。蝿縛りの居合術には、とくと見させていただきました。技ばかりでなく、大衆から好かれているその人柄が真っ直ぐな人とお見受けした」

田島謙之丞は髭面をしごき、照れくさそうに軽く頭を下げた。

「いや～、とんでもないところを見ておられたか。清家どのとか申したな。仲介の労をとっていただき忝い。この白鬚神社の裏手の長屋に住んでいる、いつでも寄ってくれ、先ほどは、すまなかった礼を言う」

第四章　剣のゆくえ

清家は、須崎町の長命寺の持仏堂を目指してゆっくりと歩いている。頭の中は、二つの〝見える影〟を思い、練っている。左手小指の動きと同時に半歩退く。名倉の居合は見たことはないが、抜刀の奔《はし》りが伸びるであろう。二つ目は、納刀の鞘を持つ左手の動きだ、一瞬の隙が生ずる。そして、もっと大事なのは、捨て太刀があるかないかだ。持仏堂の前に二人の武士が立っている。名倉と吉井だ。

「遅いぞ、清家」「……」「吉井は見届役だ、勝負だ」

清家は後ろに広めの場を見て立った。夕方の日差しも弱く、辺りの木々では、少し暗さも増している。風もないので、名倉の足摺りの音を少し捉えることができる。少し、間合いを詰めてきた。清家は、藤四郎宗則の鯉口を切り抜刀し青眼に構えた。名倉も腰を落とし、鞘に右手を添えたが、抜刀はしない。刻が流れている。捨てか、否、間合いを見ているのか、微動だにしない。

その時、名倉の小指が動く。と同時に、清家は半歩退く。裂帛の叫びで胴薙ぎにきた。踏み込み鋭く伸びる剣先が、袴を裂く。瞬時に諸手で袈裟懸けに斬りつけてきた。清家の藤四郎宗則が受けた。火花が散った。清家はかなりの膂力を感じとっていた。直ぐ上段の構えに直すと、清家の右肩に斬撃をみせた。清家は、身を躱すのがやっとだった。名倉は、半歩退き納刀をしようとした瞬時、左手に隙ができた。清家は、中段から手甲を狙った、その峰に返しての〝影落とし〟は、幽かに手応えがあった。名倉は、顔を顰めて睨みつけてきた。

「清家、ここまでに」吉井の声だ。

「吉井、骨が砕けているかもしれない医師に診せよ」

吉井は無言でうなずいた。「名倉、わしの袴を見よ」

清家は、袴の前紐を解き、紐の結び目から一寸五分ほど裂けていた。そして袴を下にずらした清家の腰に、なんと襤褸《ぼろぼろ》ではあるが、田島屋の古い暖簾が巻かれていた。

「卑怯《ひきょう》」「いや、これは秘法や」

なおも名倉は、「狡《ずる》いぞ、清家」と叫んだ。

「鎧、冑も同じことだ」と清家は言い返した。持仏堂もすっかり暗くなっている。清家の心もこの木々の闇と同じ、光るものはなかった。


晩冬には早いが、師走に入り江戸にも粉雪が舞い、日暮れから夜中にかけて積もる雪となった。朝は久しぶりに晴れわたり、下総の国の方から朝日が昇り、白く積もった雪に陽が射し、きらめいている。清家は、帳台の傍らに火鉢を置き、時折手指を暖めながら帳面に向かっている。算盤勘定も幾分慣れて、誤りもほとんどなく、記帳されているので、店主も喜んでいる。中でも助かったのは娘のひさだ。近所の同じ年頃のおかみさんと長話ができ、時間に余裕が取れるようになったので……。突然に小僧の吾助が清家に近寄ってきて、「政治郎様、店の表にさっきから胡散《うさん》臭い、胡乱な男がうろついております。あまり店の前ばかりにいて去らないので、うろつかないでくださいと言ったら、ほざくなと睨まれました。何か言ってやってくれませんか」

　清家が表の広い道に出てみると、確かに店の前に男が立っていた。ありがたいことに、店の内にも外にも客らしい人はいない。

「店に用がないなら、立ち去ってほしいのだが」「なんだお前は、みんなの道だぞ」「田島屋は、おめでたいお祝いの品々を扱っている慶事の店だ。そのなりで、うろうろされると、はなはだ迷惑だ」と遣り取りをしていると、横合いから親分らしい一人と、浪人風の男、やくざ風の若い男と三人が寄ってきた。

「なんだとー。てめえ、迷惑だと、わしは袋井の種蔵だ、名ぐらいは知ってておろう」「いや、知らぬな」「よくもうちの若い衆を脅してくれなすったなあ、怯えているぞ」「……」「てめえ、田島屋の小僧か、名ぐらい言え」「清家という者だが」「なに、清家とな。このまゝでは帰れねえぞ」「……」「手嶋の旦那、この小僧やっちまおうおか」

　すると手嶋と呼ばれた浪人風の男が、それを制した。

「いや親分、この大通りでは人の目があり過ぎる。それとこの小僧前垂れなんか締めて店で働いているんだろうが、相当な遣い手と見た。侮れない小僧だぞ」

「今日のところは引き上げるが小僧、いずれ腕の一本でも貰いにくるからな」と種蔵親分の捨てぜりふが清家の耳に入った。

　寒い朝だった。田島屋の小女の鈴が箒で店の前を掃き清めている。

「朝早くすみません、法禅寺のちせと言う者ですが、清家様はおいででしょうか」「はい、ただ今、呼んで参ります」「政治郎様、法禅寺のちせ様が、おみえになりました」「こちらに通してください」「はい」「やあ、ちせ様遠いところ忝い」「文をお持ちしました」と、ちせは懐から一通の文を取りだして、清家に渡した。

「申し訳ありません。いつも、あ〜、おかみさん、お世話いただいていた法禅寺のちせ様です」「田島屋の家内です、いつも政治郎がお世話になっているそうで、申し訳ありません」「文をお持ちしただけです」「ちせ様ちょっとお待ちください。これ、戴き物なんですが、お持ち帰りください」「まあ、立派な昆布に和布《わかめ》、ありがたく頂いていきます」「尊海和尚様によろしくお伝えください、また伺ってご教導願いたいと、清家が言っていたと伝えてください」「はい、かしこまりました」

雪はないが、江戸の朝は冷え込みが厳しい。堀川から立ち昇る寒気が白く漂って一層寒さが感じとれる。文は市之倉からだった。包みを開けると、だしぬけに『清家にとって少し明るい文だぞ』と書いてある。続けて『詳《くわ》しくは、わしも知らないが、藩の御用金八十両の紛失のことが、藩の御用商人播磨屋吾兵衛が番頭の常川を伴って、勘定奉行乾善之助殿の私邸に謝りにいったそうだ。「私どもの間違いだったと」七重八重に頭を下げ謝ったと聞いている。手代が失念をして勘定に上げてしまったと言う』と記されていた。その後の経緯について、次のように書かれていた。

『乾殿の門番の話だと、諸白《もろはく》の酒樽を、二樽運び込んだという。いずれにしろ、政治郎、お前の疑いは晴れたのだから明るい知らせだろう』

田島屋の庭には多くの樹木が繁っているが、古木の梅の木は、なんと言っても重みがある。幹の太さから黒々とした皮が裂けて落ちるかと思うくらい荒荒しさがある。しかし、季節をしっかりと摑んで花を咲かせようと、蕾をたくさんつけている。清家は、時折尊海和尚の腰を据える場のことが頭をかすめる。その場はどこにあるのか、己が摑まなければならないのだ。己は己の行く末をなんと心得ているのか。まったくもって昏迷だ。

「政治郎様」吾助の声だった。「どこかの子どもが、これを」と、小さく四つ折りにした紙片を差し出してきた。「明日七つ小網神社の境内で待つ」と記してあった。種蔵親分からだ。

七つ前、店を出て歩きながら、今日の相手は一人や二人ではないだろう、五人くらいと対峙せねばならないのかと清家は思った。用心棒の手嶋が、どんな剣技の遣い手か。影落としより、木の葉でいくべきか。冬場の空は暮れが早く、辺りが少し暗くなってきた。小網神社へ着くと、やはり五人くらいの男たちが石段の上に車座になって座っている。

「清家遅いぞ」「先生、今日は存分に働いてくだされ」

親分の声だ。手嶋は中段に構えている、気にしなかったが、手嶋の後ろに背の高い若い男が着流し姿で、浪人銀杏を結って立っていた。その横に二人のやくざ風の三十路と見える男が、匕首《あいくち》を手に持ち構えているが、いかにも喧嘩慣れした風体を見せている。いきなり手嶋が中段から上段に振り替え、面を狙って振り下ろしてきた。「キーン」と藤四郎宗則が受けた。手嶋は一歩退いたが、そのとき、「お～い、清家じゃないか」との声が響いた。

「あ、三島の旦那」「なんや、なんや、清家、助太刀を連れてきたなら早く言え」と継いだ。それを聞いた三島は「いや～、わしはここに来るまで清家殿がいるとは知らなかった。この小網神社の今度の祭礼の地割があって、見に来たまでだ。清家殿、前にいる浪人一本に絞れ、他はわしがやる、この前のお返しだ」「忝い、三島殿、峰で頼む」と添えた。一人なら木の葉から影落しと清家は考えたのだ。

手嶋の太刀捌きは、中段から上段に移る際、より高く振り上げて間合いを詰めてくる。右脇腹が影だ、一瞬疾く右脇に突きが入る。峰を返したので右腕を裂いた。手嶋は腕を抱え込んでいる。おそらく、血が流れているだろう。三島を見ると、なんと、早々と納刀している背の高い男が、斬り伏せられている。その横に匕首が二本転がっていた。親分を見ると後ろの方で、青ざめている。親分は「引き上げじゃ」と言うと、三島は「早く連れて行き手当てをしてやれ」と叫んでいた。境内には静寂が訪れている。もうあ奴らは、襲ってはこないだろうと清家は思った。

「三島殿、忝い、二丁ほど行くと、伝助というおでん屋がある、蕎麦もやっているから行きましょうか」と誘った。

伝助に入るなり、清家はすぐに「おやじ、酒もつけてあと蕎麦だ」と声を掛けた。「へ〜い」と、おやじは奥に引っ込んだ。

「いや三島殿、すごい居合術ですな」「いやいや、清家様も早い勝負だったじゃないか」「……、ああ飲んでくだされ、わしは、あまりやらんので」「申し遅れたが、わしは相州の浪人じゃ。藩名は言えないが、同じ藩士と城内で刃を交えてしまったのじゃ」「実は、わしも同じで、所払いとなって、今小梅町田島屋さんに、ご厄介になっている、そこから、鹿島一刀流の小笠原道場に顔を出している」「いろいろ誼《よしみ》にしてくれ」「こちらこそ、今日は助太刀、すまない」

江戸の春は、まだ遠い。雪こそないが、朝方の霜柱を踏んで蜆売りの小僧が声を上げている。ザクザクという音を清家は聞きながら田島屋の店先の掃き掃除を、吾助とともにしている。

一方、甲州高萩藩、勘定奉行乾善之助の官邸。
「乾様、いつもながらご贔屓《ひいき》をいただき、誠に申し訳ありません。御用商人播磨吾兵衛でございます。ここにおりますのは、番頭の常川で共々謝りに参りました」「話はなんだ」「はい、実は、当方では藩の勘定についてては、藩のみの帳面で保管しているのですが、記帳された数と金子が合わないのです。番頭、手代二人でいろいろと調べてみますと、御用金を一カ月分余分にいただいている勘定になるのです。三月《みつき》ごとにお支払いを願っているのですが、お品を納めてないのに一カ月分の八十両ほど多く支払っていただきました。それは、藩の厨《くり》、御膳所《ごぜんしょ》の方で、豆類、海鮮、塩、味噌など無駄を省いて節約をしていたそうです。一カ月分は、品物を納めさせていただいても御代はなしで、と言うことでよろしくお願い申し上げます。本当に御奉行様には、お世話をかけました」と、播磨屋吾兵衛は、事の経緯を語った。

「そんな間違いか。藩の下士に疑いをかけたこともあった。その手代とやらに、失念しないようにしっかりと言い渡してくれ」「はい、かしこまりました。今後とも、よろしくお願いいたします。常川、あれを持って参れ」「はい」「御奉行様、これは下り諸白でございます、ほんのお詫びのつもりです、お受け取りください」「何、二樽もか」「……」

江戸では清家が、白鬚橋をゆっくり歩いている。隅田の川の流れもゆるりと気持ちを静めるよう流れている。向こうの森が白鬚神社であり、さらに向こうには向島の百花園があるが、まだ清家は見たことはない。細い道に入り、長屋が並んでいる。

「三島殿の長屋は、どれか」と、井戸で洗い物をしているお婆に尋ねると直ぐ分かった。訪いを告げるため板戸を叩くと中から声がした。

「どなたかな」「清家です」「おゝ、入られよ」

腰高障子を開けて、相変わらず総髪姿で野袴の三島が顔を見せた。とても清々しいとはいえない様子で現れ、奥の部屋に入れた。小さな土間と厨と寝床をしつらえてあり二間しかない。布団の上に座った三島は、そこに座れと言うが、枕とか足袋が転がっているので、手で除けて腰を下ろした。

「実は、三島殿にお願い事があり、参りました。三島殿の居合の秘法を小笠原道場で手解きいただけないかと、お頼みに上がりました」「なに、道場で」「はい、門弟が四十名ほどおりますが、居合術を流儀としている人はいません。この際、三島殿に抜刀術、納刀、いわゆる鞘から太刀を抜き鞘に収める居合術を見せてほしいのです、いかがですか」「清家の頼みじゃ、受けんといかんな」「ありがとう、ございます。詳しくは追って」「祭礼のときのようなのはあかんぞ、清家様」「はい、分かりました。小網神社で助太刀いただいた後、道場にて師範代に話したら、ぜひ、うちの道場で門弟に剣の披露をしていただくよう話してくれと言われました」

三島の家を辞して道場に戻ると、美弥様は、道場の庭で乾いた洗い物を取り込んでいた。

「あら、清家様、もうお帰り」「はい、美弥様、あゝ、そうそう今後あの小網神社の蝿縛り居合術の名人に、道場で手解きいただくようお願いしました」「私も見させていただきます。祭礼のとき以来ですね」「あゝ、そうしてください」「伝助にも吉川さんと二人だけで行ってるのですか、清家様。ちっとも私を誘ってくれないんだもの」「は……はい。今度」

美しく、たおやかな美弥様と、日々いつでも伝助ぐらい出かけたい、肩を並べて堀川端の柳を見ながら歩きたい。肩にそっと手を廻して下げて、小指の先が触れるだけでいい。そんな姿を想い浮かべて清家は、心の波がざわつくのを避けることが、なかなかできない。そんな思いがよぎったとき、吾助から声を掛けられた。

「政治郎様、文が届いております。お持ちします」「すまんな、吾助」

文は市之倉からだった。もう法禅寺でなくて、田島屋に届けるよう頼んだので、ちせの手を煩わせなくて済む。またも嵩《かさ》の多い文を開くと、いつものような細かい字が長く長く文字が連ねてあった。

『清家、元気で何より、金八十両のことは明らかになったぞ、藩の御用商人播磨屋が勘定奉行の乾殿のところみえて、平身底頭で謝りに参った。このことは藩内の不祥事だから公にはなっていない。もう、清家への疑いの声はまったくなくなった。しかし、清家、困っていることがあるのだ。未だに時折ではあるが、姫のところに竹刀の稽古に行っているが、姫の剣への意気が感じられないのだ。したがって、技の上達など遠いものがある。始めて一カ月、二カ月は、一人で竹刀を振っていたらしいが、今はほとんどやっていないと、たねが言っていた。そこで自分の気持ちとして西の丸の館へ行くのが、つらい気持ちになって、つい家老に話したら「姫がはっきり断るまでやるのが筋《すじ》だ」と言われた。姫が気に入るよう工夫するのが、お前の務めだと。

しかし一つだけ、姫の目の色が変わって輝き力強い視線を感じるときがある、それが清家の話題をだしたときだ。清家から文が来たと話すと、「元気でいるの」とか、「何をしているの」とか、一つ一つ丁寧に尋ねてくるのだ。姫の暮しの内で、心を動かしているのが、このことなんだ。清家、分かってくれるだろう。前にも書いたが、姫は清家に惚れ込んでいるのだ。たねに、ありもしない卑猥な仕打ちを清家にされたと言い、訴えたのは、なぜか分かるか。自分にもっと、熱い心情を向けてほしいと言う乙女の裏の心だぞ。しかし姫は、今となって、自分のせいで所払いとなったことに悔いと責で心が疲れているのであろう。お顔にも、覇気は見られず、食も随分と細くなったと聞いている。昔に言っていた体の重みのことは、今は口にしたことはないそうである。たねもことのほか心配され、祈禱を山伏にお願いしようかと、姫に尋ねたら嫌がっているので、未だ行っていない。人とのお話をすることも少なくなり、用事のあるときくらいの短い話ばかりという。

以前は、万葉集や和歌集、源氏物語の話まで、奥勤めの女としながら笑い声が満ちていたが、今は静かなものだと言う。遠くに離れている清家に、どうこうできるものではないが、一つお願いがある。姫に文を書いてほしいのだ。勿論、清家が今暮らしている様子をな。清家は、自分の心情など上手に書けんやろうが、心の芯のところを表せばいいじゃないか。古関師匠の言葉の、影と音を摑め、だ。清家は大切なことを見落としていたぞ。左夕様が剣の稽古をしたいと言ったのは、清家とお話をしたり、庭の花を愛《め》でたり、万葉集の一句でも二人で口ずさむことをしたかったのだ。側廻衆や算盤勘定である程度のことは知っていただろうが、さらに深く細かく人となりを知りたかったのだ。いろいろと世事や政《まつりごと》のことまで清家と話をして、姫は自分の方を向いてと心で言っていたのだ。ところが、清家は、剣を教え、会話も剣のことばかり。お茶を飲んだら直ぐ、立ち上がり去っていったではないか。見える表の部分のみを捉えて関わっていただけやないか、影を少しも見ていない』と、忠告まで認《したた》めてあった。そうなのか、わしだけ夢の中で姫様の全てを頭の中で描き悩んでいた。そんな己が、どうして市之倉の言うように行わなかったのだろう、文を書こう。

雨が上がり、木々の緑の葉がひときわ濃くなっている。白い雲が足早に巽《たつみ》（南東）の方向へ流れていく。夕刻、小笠原道場の門弟たちが多く集っている。四十名を超える門弟たちが早々と座している。居合術の三島殿が手ほどきをしてくれるからだ。三島殿は飾らないいつもながらの、野袴姿で一段上の板敷に立っている。居合についての話を丁寧に、しかも底に響くような声音で論じている。いつも師範代の立つ所にいて、風格と威厳を醸し出している。

戦国の時代から、この術が使われ、基本的な動きについては、居合術の創始者といっていい剣客、林崎甚助によって広められたと言う。

「即ち、一に、礼儀作法にて、二に、袴の着付けにて、三に、軸のしっかりとした正しい姿勢、四に、刀の扱い方、五に、他の人の心を大切に思う、六に、自己の心と体を鍛える。と分かりやすく話をしてくれた。最後に体の全部を使う動きによって、鞘から剣を抜き放つこと。我流を捨てて技のいろいろな様《さま》を身に付けること。これによって上達は間違いなしだ。拙者も無外流を少々鍛錬した。よし、緩い動きによって剣の捌きをするから、とくと見てほしい」「……」

「誰か」「吉川、いけ」

師範代の声だ。

「次々と用意しとけよ、梶田、村上……」

道場も日が陰って辺りが薄暗くなってきた。神速と言われる剣の疾さや、納刀が見づらい。そのとき、美弥が赤々と燃えている太めの蠟燭《ろうそく》を脚の高い蠟燭立てに据えて、二本ほど持って道場に入ってきた。一本を三島殿の脇に、あと一本を道場の中ほどより少し後ろの方に置いた。美弥は入口のところで、三島殿の動きを見ていた。

「今宵は、これくらいで終わりにしていただきたい」と、深く礼をして頭を下げている。門弟たちの手を叩く音が高くなっていた。
すると突然、三島殿の剣先が一閃したかと思う間もなく、鞘に収まっていた。門弟たちは何が起きたのか判然としない顔つきばかりである。そして「誰か、蠟燭の火が灯っている下を持ち上げてくれ」と三島は言った。吉川が前に出てお辞儀をして、火が燃えている蠟燭の下の部分を持った。なんと、蠟燭が半寸のところで切断されていた。倒れることもなく、火も消えることもなく二つに分かれていたのだ。

堀川に舫ってあった屋形船が、お客が座って動きだした、川面《かわも》が揺れ、灯が揺れ綺麗だ。田島屋の離れ部屋で清家は、暁の九つになっても寝つけない。西風が強くあちこちの板戸が音を立てている。寝つけないのは音のせいではない。清家の頭の中は、美弥様と左夕様、二人の女人のことで頭の芯が燃えている。二人とも己にとって、好意が好意を生んでいる。二人を好きになる自分に対して、そんな性《さが》が許せないし、誰も認めてはくれない。

しかし、どんなときでも傍にいてほしい。朗らかな笑顔で話をしてほしい。草花を愛でてほしい。どんなに想い抱《いだ》いてもどうにもならないことだ。不条理なことを条理には考えられない。清家は、朝四つになり、やっと田島屋の帳場に座ることができた。頭の上には、あの長谷川等伯の「迦陵頻伽」の絵額が飾ってある。何回と見ているが、あの天女の羽衣が、なんともいつもやわらかだ。心を包んでくれるようなやわらかさだ。天女は、間違いなく極楽浄土に導いてくれるであろう。前に一度、手伝いの鈴に、あの絵は、いかなものか尋ねたら「いやらしい、気味が悪い」と、眉を寄せていた。確かに、描かれている下半身が魚では、そう思うであろう。

近頃は、袋井の種蔵親分も、鳴りを潜めているので、清家も帳面の方に気を入れられるから、ありがたい。

清家は、小笠原道場で庭を掃いている美弥に声を掛けた。

「美弥様、庭がいつも綺麗になっていて気持ちがいい」と、ありきたりの言葉を発して、言わない方がよかったと思った。

「あら、清家様、お上手を言えるようになったの」「いや〜、美弥様」「落ち葉や枯れ枝がね」「美弥様、そうそう、小網神社の祭礼は明日ですけど、行けますか」「明日は、大丈夫ですけど、よく憶えてくれていたね」「……」

堀川端の柳も新しい芽を付けて春を告げている。風もないので下の方まで小枝を垂らしている。二人はこの春の日のごとく麗《うるわ》しやかな様子で歩いている。春の祭礼は人通りも多く、屋台の数もいつもよりたくさん構えている。

「あ、清家様、あそこに幟が」「三島殿の幟かな」

幟には「目高《めだか》切り居合術」となっている。黒山の人だかりとはこのことのようだ、見物人が多く、美弥も清家も前に出ようとするが、なかなか近寄れない。

「皆の衆、居合は疾いから、今から目をこすって、よく見えるようにされるとよい。拙者は、いかさまではありませんぞ、まやかしは、拙者は嫌いだからな、だから失敗することもあるのだ、そのときは笑ってくれ」

竹竿から白い大きな大根が下がっている。真っ直ぐな大根だが揺れ下がっている。三島殿は左手を鞘に掛け、右手を柄に触れている。小指が動くと同時に鞘走った。横薙ぎが左右して鞘に収めた。大根はそのまゝの形でぶら下がっている。

「皆の衆、どじったと思っているだろう、はぁはぁはぁ、今のは稽古じゃ、じゃ、剣先をとくと見てくれ」と言うと、同じように鞘走り左右の横薙ぎがあった一瞬だった。大根が蓆《むしろ》の上に三片転がっていた。右と左に薙いだのに、どうして三片なのか、なぜ。そして、続けた。「次は蠟燭だ」

二本の太い蠟燭が左右に立ててある、火は燃えている。三島殿は、空を見上げ睨みつけるごとく見ている。昼餉《ひるげ》を過ぎて、そんなに刻が過ぎてないし、雲一つないから明るい。蠟燭の炎も、道場の時より小さく清家は感じた。小指に力が入った、と同時に一閃、抜刀二本の蠟燭に剣光が触れたが、そのまゝ炎は燃えている。

「そこのお兄さん、蠟燭の炎の下を持ち上げてくれ。そうそう二本目もだ」

すると、見事二本ともに道場と同じように二つに分かれている。

「よし、これが最後だ、そこのおかみさんご亭主を睨むつもりで見てくだされ」

莚の上に、洗い物をするときに使う大きな盥《たらい》が置いてある。盥には水が、いっぱい入っていて、見ると目高が黒々と泳いでいる。流れがないので、目高の泳ぐ向きは定かではない。勝手に泳いでいて、群《むれ》にはならないように見えた。三島殿は脚を大きく開き、盥の近いところまで寄った。袴を絞り鞘に左手を掛けた。右手は柄に添えてはいるが、動かない。目は盥の目高にいっている、狙いをつけているが、つけられないのか、時が掛かる。なかなか抜刀しないし、袴も揺れていない。と、その瞬時、疾風が起こった、水の音もしないのに、納刀している。

「おかみさん、この小ちゃい網で浮いている目高を掬ってくれ、そうそう上手やないか」

網には頭と胴と分かれた目高が入っていた。お椀には次々と小銭が入られていく。見事だ。

第五章　春蘭秋菊

高萩藩西の丸に、春の陽射しが注いでいる。綿入れに足袋姿の家臣が袷に変えている人も多く見られるくらいに暖かい。左夕姫は、相も変わらず部屋に閉じ籠ってぼんやりと庭を見ている。乳母のたねも気を使い、若い手伝い女のこずゑにお茶を持たせて行かせるのだが、おしゃべりもなく、お茶を置いて戻ってくるだけである。

「姫様、ここのところ久しくご膳の量が少なく、飲み物もあまり咽を通っていないようですね。こんなに残す食べ物も多くなって。食の細いのは、病かもしれませんよ。どこかお体でも具合の悪いところありませんか。障《さわ》りがあるのであれば、このたねに話してくださいね」「別に食べたくないだけです」「この前まで、お庭に下りて花を摘んだり、草をつまんだりしていたでしょう。また、こずゑと笑いながら楽しくおしゃべりをしていたではありませんか。ここのところ、しばらくそんな姿も見られません。たねは心配で心配で、心が晴れないのですよ」たねの言葉に応じるように左夕姫は、口を開いた。

「心配かけて申し訳なく思いますが、病ではありませんから、たね」「お顔の色もあまりよくありませんし、少しお疲れになっているのではありませんか。お顔の方の頬も細くなったように見えますすよ。私ばかりでなく、手伝う女たちの口からも聞こえてきますよ。一度、藩医の良善先生に診てもらいましょうか」「余分なことはしないで、たね」「私の知っている山伏の修験者の方が、姫に何か憑《つき》ものにさらされているのかもと、おっしゃいました。もしものけが漂っているなら、祈禱してあげましょうとも言ってくださりました、一度姫様、山伏の方のお話をお聞きになったら、いかがですか」「たね、私は自分の事は分かっているつもりです。祈禱のことまで持ち出して、たねが心配してくれるなら、私の話を聞いてくださいますか」「はい、当たり前ですよ、姫様。なんなりと」「私は、この二年半ほど、何をしても手につかず、これはしたいと思うことも少なくなり、ご膳もあまりほしいと思わないが、咽を通しているのですよ。時折こずゑがみえて、おしゃべりしますが、気持ちも深まらない話が多くて、つまらない気がして、こずゑも去ってしまいます。政治郎に剣の手解きを受けておりました頃、楽しく心が躍るような気持ちでした。政治郎がお見えになる刻を、首を長くしてお待ちしていました。あの政治郎の清々しい姿と、きりりとした端正なお顔を見ていると、今私は何をしようと思っていたか忘れるほどでした。御前試合のときの政治郎の剣の捌き、どれをとっても胸に痛く刺さってくるのです。勘定の務めも、側廻衆の働きも決して手を抜くことはなくこなしていました。あの凛々《りり》しい姿を見て、私は心が溶けそうになるのです。ですから、政治郎と近くでお話ができるのは、剣の手解きをお受けすることだと思い、たねに頼んだのです。奥村の爺に頼んで稽古のできる日を楽しみに待っていたのですよ。確かに、稽古は嫌いではありませんが、もともと考えるところが異なっていたのです。政治郎は、丁寧にお教えいただき分かりやすくてよかったのですが、私は一人稽古もあまりせず、体もことのほか動かさなかったのです。広間の縁に二人で座り、いろいろなお話をしたり笑ったり、したかったのですが、政治郎はお茶をすすり終わると直ぐ立ち上がり『失礼いたします』と言って去っていくばかりでした。

　こんな日々が続いて私の心は、明と暗、そして正と悪が、少しずつ生まれたのです。あとは、たねも知っているように、夜、寝床で政治郎のことを考えていると、卑猥な行いを受けたと思うようになってしまったのです。許せないことですが、想いの先の方に至ってしまったのです。肩を揉んでいただいたことはありました。しかし、それは私がお願いしたので、稽古で肩がひどく凝っていると言って。政治郎が『わしは卑わいなことは何一つしていないぞ』と正してくださると思ったのです。ところが、政治郎は何も言いませんでした。私の真の心を摑もうとはしなかったのです。奥村の爺が、清家はここにおけないと言いだし、こんなことになったのです。その元は、私がいけないのです、二つの心を持ってしまったのです。政治郎にはひどい仕打ちとなってしまったのです。心の底から謝ります。たね、なんとかして、お願いします」

左夕姫は、長い話を終えると、肩を落として、哀願するように、たねを見つめた。たねは、気の毒そうに言った。

「姫様、これで涙を拭いてくだされ、よくよく話をしてくれました。もう姫様、ご安堵されてくだされ、たねは、あなた様の乳母ですよ」

家老奥村十衛門の公邸で、たねは奥村と向き合っている。奥村は、額に皺《しわ》を寄せながら、渋い面構えで、たねの話を聞いていたが、口を開いた。

「そなたに話してから姫は、少しは元気になられたか」「まあ、まあ、女人ですね。ご膳の方も少し増えたように見えます。お顔の方も穏やかになられたようにも見えます。姫様は、よほど清家様をお慕い申し上げているのでしょう」「そこが困ったことなんだ」「清家様は、間様と文の遣り取りをしているようですが、間様が姫様のご様子を知らせたようで、清家様は、文の中で姫様をいたくご心配をされているご様子だ、と文に書かれてあったそうです。間様との剣の稽古の後、このことを姫様にお話しされているところに、私がお茶を持って参りました。そのときの姫様の目は輝いて光っていました」「殿は、奥方を早くに亡くして、姫が寂しい想いをしているだろうと、ついつい甘やかしがあったのだろう。たね、そこもとにも責はあるぞ。いつも傍らにいるのだからな」と、諭すように言い、言葉を継いだ。「清家に所払いを言い渡した際に、あ奴《やつ》は一言も言い訳がなかった。これをどう思う、たね」「……」「それはな、白と言えば、相手が黒になるからだ」

小笠原道場での稽古も、そろそろ終わろうとしていたとき、梶田が「清家様、三島殿がおみえになりました」と告げる。と、ぬう～と髭の三島殿の顔が入ってきた。

「突然に来て申し訳ござらぬ。つい近くに用があったのでな。これから伝助に付き合ってくれぬか」

そこへ美弥が通りかかった。「あら三島様、お見えになっていたんですか、お茶も差し上げなくて」「いや美弥様、これから三人で伝助にでも行かんか、おでんもお汁粉もあるぞ」「嬉しぃー」と、話がまとまり、三人で出掛けたのであった。堀川端の流れに、屋根船がゆっくりと深川の方に向いて櫓を漕いでいる。のんびりとした江戸の風情だ。ここのところ江戸名物の火事もなく、柳の木々まで小枝をゆったりと下げている。三人は伝助の暖簾を潜った。客は普段より多く、船頭の人たちや、水さらいの人夫たちが大声で騒いでいる。美弥はおでんを頼んだが、男二人は蕎麦にした。手伝い女が、おでんの鉢を美弥の前に置いて「主人がそろそろ暖かくなったので、おでんは終わりにしようかと言っています」と美弥の方を向いて言葉を掛けてきた。「そうですか」と残念そうに美弥は声を上げた。

「三島様、小網神社の居合術を見せていただいていたんですが、一つお尋《たず》ねしていいですか」「なんなりと聞いてくだされ」「どうして、右と左にしか剣を振らなかったのに、大根が三片も切れたんですか」「う〜ん、なるほど。そう見えたのやな、鞘に収める一瞬に一片を薙いだのだ」「え〜。そうなの、納刀のときなの」と感嘆したように言った。美弥は、おでんのこんにゃくを食べながら「もう一ついいですか」と尋ねた。「まだあるのか」と笑いながら温かいまなざしを美弥に送った。「目高を切るとき、かなり時をおいて刀を振り下ろしましたけど、それは何かあるんですか」

清家も聞きたかったことである。

「それじゃな、居合だから腰を据えると瞬時の太刀捌きを見てきたので、あの時はかなりゆっくりだったと思ってて」「さすが二人とも、剣を鍛錬しているだけあるぞ、そこを見逃さなかったのか。目高の泳ぐ姿を見て一匹で泳ぐのが多いが、やがて二匹三匹と群をなしてくる。それを狙っていたのじゃ。今日の払いは拙者じゃ。小網神社でしっかり儲けたからのう」と、三島は大笑した。

今夜は、風が強い。田島屋の板戸が鳴っている。この離れはどうも風の通り路になっているようだ。清家は、なかなか眠りに就けず、寝返りばかり打っている。こんな強い風が吹くと、美弥様も明日の庭掃除が大変やろうと思う。あの可憐な美弥様の笑顔が頭の芯に残って離れない。優しく微笑《ほほえ》んだときの瞳が黒々と澄んで輝いている。手を伸ばして触れるところにいてくれたらと清家は思いつつ。女人の想いで揺れに揺れている己に戒めを入れないといけない、と思った。明日は法禅寺の尊海和尚に会おう。

翌日、田島屋の帳台で清家が勘定の書き込みをしていると、鈴がお茶を入れてくれた。

「鈴、何をそんなに見てるんや」「清家様、目が赤く腫れぼったいですよ」「腫れぼったいか、そうか、昨夜は眠れなかったからな」と、その場を濁した。

法禅寺の森は鬱蒼《うっそう》として足も踏み入れられない。清家が木の葉の剣の鍛錬をした木々も、どこか分からない。

「和尚、お久しぶりです、これを」「お、清家か、なに、酒か、お前も気を使うようになったな。世事に長《た》けてきた証《あかし》か、はぁはぁはー」

和尚はひと口ふくんで、

「諸白やないか。沢庵しかないが、いいか」「はい。私は、あまりお酒は飲めませんので」「うん。どうした清家、風の吹く向きが変わってきたのか」「はい。毎夜、二人の女人のことを想うと胸が苦しく寝つかれず、朝方に少し浅い眠りだけのことが多くて」和尚は、冗談げに戒めた。

「おい、清家、何を考えているのだ、わしは坊主だぞ、女人の話なぞ持ち込んでくる人はいないぞ」「はい、そうですね、でも和尚、腰の据える場のことをお聞きしましたが、それと少し繋がりがあると思ったので」と、清家は神妙な表情になっていた。「で、話してみろ、聞くだけ聞いてみるぞ。酒も入っていることだし」「二人の女人とは、和尚も知っているように藩の左夕《さゆ》様です。もう一人は、小笠原道場の場主殿の息女美弥様です。まったく同じように、二人ともに想いを寄せるようになってしまったのです」

そこまで話すと和尚は、清家の顔を改めて見つめて、諭すように言った。

「う〜ん、清家、お前は女の敵やな。勝手な奴やないか、相手の心より自己を先に考えて押し出しているのだな。どこかの城主なら御台所がいても、また側室の一人や二人いても不思議やないが、未だ腰も据わってないお前が」「はい、それは、その通りで。しかし心が……」

「二人とも、美人で心がときめくのだな、甲とか乙が付けられないのだな。菖蒲《あやめ》と燕子花《かきつばた》の譬《たと》え話《ばなし》だな。男女のことは知らん坊主でも、それくらいは知っているぞ。それにもう一つ、『春蘭秋菊』とも言うや、清家、これからの話が肝心じゃぞ。つまりお前は、自分を芯にして恋心を募らせているが、相手があっての自分じゃ。道場主の息女にしても、場主としては、御家人の子弟が門弟として、たくさん通ってきている。そこから選ぶという考えを持っていると思うぞ。その美弥様と夫婦になれば、道場を引き継ぐことになる。大名でなくても旗本の子弟でも縁戚となれば、道場の行く末は安泰であろう。あとは姫じゃ、これも明らかだ、藩はお家を守らなければならない多くの家臣を抱えて、少しでも縁を増すことを欲していよう。それなら、幕府の息のかゝったところから選びすぐるのが常である。今の殿が退いても、なんら障りもなく、家督が引き継がれていくことが大事であろう。だから、二人の女人について夫婦になることはかなわないだろう。だからこそ清家、今は腰《こし》を捉える場をしっかりと固めることが先だぞ。それとついでに、お前の師匠の古関道場の古関玄之助が、とくと、お前に言った『影と音を掴め』ということだが、拙僧も考えてみたぞ。近頃、儲け話が拙僧のところにもよくくる。境内で縁日を開けとか、本堂で賭博の開帳をしたらどうかとか、堀川の舟運にお金を出せば、かなりの稼ぎになるとか、な。しかし、これはみな表の顔だ、裏に危ない衣を纏《まと》った影がある。いわば、陽に照らされた輝ける裏の顔でなく、時にはあえて隠れを誘うような表から見えない裏の顔を見ることだ。人は艶やかな衣に身を包み、豪華な御膳で胃袋を満たしている方々があっても、陰や影を秘めて生きている場合がある。口達者の人も大勢いる、本当に真実を語っているように聞こえても、他人の話の受け売りに過ぎない場合もある。真はどこに、誠はどこに。この声（音）を逃してはならない。若い清家がこの広い世の中で、はばたいていく心構えが『影と音』を正しく掴むことを忘れてほしくなかったのだ。剣で対峙したときもそうだが、市井《しせい》や世事のことを始め、藩の仕組みや、幕府の組み立てまでしっかりと掴み自分のものとして、成長してほしいと願ったのだぞ」

「はい、いろいろありがとうございました。人となりをお教えいただき感激の至りで、女人については、苦悩に苦悩を重ねて考えてみます」と、清家は素直な面持ちで聞いていた。

第六章　奥村家老の悩み

秋の花、萩が庭に咲いている。七草の一つの装いを見せて、ここ高萩藩西の丸館の広間前の庭である。左夕姫は傍らに乳母のたねを座らせ、何やら話し込んでいる。近頃は、とみに笑顔が見られ明るくなった左夕姫であるが、どこかに寂しさが未だ残っているようにたねは感じていた。

「たね、奥村の爺に会わせてくれ」「姫様、奥村家老様に何か御用でもあるのですか」「そうじゃ、政治郎のことじゃ」「……」「もう長い事、江戸に所払いでいる政治郎を藩に戻してくれるようにならないか、話をしたい」

秋を強く感じる萩の花は、七草の一つであり、この高萩藩の名にもなっている。それゆえか、領内には萩が多く植えられており、人々に好まれている。高萩藩家老、奥村十衛門は、役邸ばかりでなく、この私邸にもやっかいな揉め事が持ち込まれる。次席家老の西川留萌、横目付と勘定奉行を兼ねている乾善之助も顔を出し、三人で執政会議のごとく夜遅くまで、この私邸で計《はか》り事《ごと》を話している。国《くに》境《ざかい》のことや、河川工事から、幕府よりの委任事業の一つ、江戸城の石垣《いしがき》の一部の手直しまで、財務の持ち出しが増えるばかりで困っている。その奥村家老が忙しい中、たねと会っている。

「姫が、わしに会いたいと、たね」「はい、近頃姫様はお元気になられ、話すことも多くなって声も明るくなり、笑顔もよく見られます。なにより御膳の方も以前より摂られています。家老様へのお話は、清家様のことだと思います。もう江戸での暮らしも長いことですし、上屋敷からも清家様の悪い噂話もありません。藩の内々のことを洩《も》らしたり、愚痴めいたことも一切ないと上屋敷に行かれた吉井様から知らせがありました。そんなことで、そろそろ藩に清家様を戻してやってくれないか、と姫様はお願いするのだと思います」「所払いになった清家を解いて、国許に戻すようにしてほしいということじゃな」

奥村家老は、難しそうに腕組みしながら、話を続けた。
「所払いは上意やぞ。解くには、殿に詳しく話さねばならぬ、解く訳が何か、少々難しいかもな」「はい。姫様は心の内を吐露《とろ》されました。清家様を所払いにした因が、自分にあると悩んで、苦しんでおりました」「こちらも、悩むところはそこのところだ。殿に姫が嘘を語っておりましたと言えるか。たねどう思う、殿が西の丸で姫と話しているところを思い出しても、笑顔がなんとも幸せそうな御姿でいたか目に浮かぶぞ」「はい、私もいつもそう思って見ていました」「清家は一言も、所払いについて、口を挟《はさ》まなかった。清家らしいぞ」

江戸も秋口となり婚礼の数も多いのだろう、田島屋も忙しく手代や小僧が動いている。朝、店を開けると、お客の対応に番頭の香川や手代の三好が品物を持ち出したり、細かなことも話したり相手をしている。清家は、「迦陵頻伽」の額絵の下で、いつものように算盤をはじいている。数が合わないのか、帳面と睨めっこして……。吾助が寄ってきて言った。

「清家様、お客様です、二人おみえになっています」「吉井ではないか」「清家様、いつぞやは、失礼なことをいたしました、また今日突然に押し掛けて、申し訳ございません」「ここではなんだから、離れ家に行こうか。鈴、すまないがお茶を頼む」「本当に忙しいところ、すまない。こちらは、上屋敷の家士小泉です」と、小泉を清家に紹介した。

「お初にお目にかゝります。小泉と申しますが、清家様のお名前は前から伺っております。よろしくお願いします」「名倉はどうした、傷は癒《い》えたか」吉井が応えた。

「はい、もう傷の方は心配いりません。国許に戻され、前と同じように暮らしているでしょう。わしは、ここに残れと江戸屋敷喜多川家老様より命じられました」「ところで今日は何の用だ、二人も改まって見えるとは」「はい、国許の方からの達しで、清家様の所払いの処分について、解くことの話が出ているが、清家様が国許に戻ることの心積りがおありかどうか、伺って参れ、とのことで来ました」「なんだ、そんなことか、この江戸の暮らしは、自分が思っていた以上に満足している。それも、みんな自分の周りの人たちが本当に親切にしてくれているお陰だ。この田島屋様も、こうして自分を置いてくれてるし、小笠原道場へも行かせてもらっている。いろいろ迷ったり悩んだりしたときは、法禅寺の尊海和尚のところへ行けば、いくらでも相談に乗ってくれる。そういうことで、ご用件については、直ちに返事はできない」「はい、よく分かりました」

高萩藩奥村家老は、西川、乾と顔を寄せ合い語っている。奥村家老が口を開いていた。

「清家については、江戸の上屋敷の家老喜多川様に頼んである。問題は殿に対して、所払いを解くこととの訳を、いかように話せばよいか、これを示して聞きたい」

　その問いに西川が応えた。

「清家の江戸での暮らしぶりをしっかり調べる。特に田島屋での暮らし、道場での鍛錬の様子、特に奥義を極める過程の切紙、中ゆるし奥ゆるし、皆伝までの内、どこまで上達しているかなど。また、藩との関わりもある法禅寺にも身を寄せていたというから、和尚にも意見を伺うこと、そんなところやな」「そのことについては、先ほども言ったが、上屋敷家老喜多川多聞に頼んである」と、奥村家老。乾が口を挟んだ。

「側廻衆で勘定の方も清家は、何も間違った算があった訳でも、不正があった訳でもないので何も言うことはありません、ご家老様」「では、あとは、姫の方だが、乳母のたねにいろいろ聞いてみると、姫が相当、清家を慕っているようだし、清家も満更ではないが、立場が立場ですからあからさまに口にはできないだろう。

奥の女の話だと、姫の肩を揉んでいる清家の姿を見たと言う。たねに確かめると、姫が剣の稽古で肩が凝り清家に頼んだみたいだ。あくまで姫が、嘘、偽りをついていたのではなく、清家が少しでも姫の心の内を見通していれば、あんな訴えはなかったのだろう。二人ともに、その責はあると考えている。姫も身の痩《や》せる思いで悔んでいたと言うぞ。清家の文を見るようになり元気を取り戻して、また清家から剣の稽古を受けたいと申しているようだ。このように、殿に願い出て、清家の所払いを解いてやろうではないか。のう、西川、乾」

その頃、田島屋主人の部屋で、清家は跪《ひざまず》いて主人の話を聞こうとしている。この部屋には、初めて田島屋に来たときも入っていた。広々とした部屋で格式を感ずる家具、建具が備わっている。

「申し訳ありません、清家様。実は清家様が小笠原道場に剣の稽古に行っている際に、藩の上屋敷より吉井様お一人がお見えになりました」「はい、吉井が来たんですか」「そして、吉井様は、私めに、ご主人として清家様を今後どう扱われるのか、また勤めの様子などを問われたのでございます」「……」「清家様は、武士でありながら、商売にもすこぶる聡《さと》い方です、算盤勘定など正しく確実にやっていただいております。そればかりか、末々に田島屋の分店を上方に置きましょうと、私に求めてくるくらいですから、そんな方を手放す気持ちは毛頭ありません、と吉井様に話しました」

清家は、尋ねた。

「それで、吉井はなんと言いましたか」「分かり申した。上司にも伝えておきます、他に小笠原道場にも顔を出しますので、ご無礼つかまつった、と言われ、去って行かれました」「わしのために、すみませんでした。しかし田島屋のご主人様、わしのこと買い被って吉井に伝えてくれましたな、はぁはぁは〜」

高萩藩家老奥村十衛門は公邸にて、江戸家老喜多川多聞と、もう半刻は話をしている。清家政治郎の江戸での暮らし振りを吉井や小泉数馬に当たらせ、だいたいの事情は分かった。その報せを喜多川家老は国許に戻った際に聞いたのである。奥村家老は述べた。

「江戸にいる清家のことは、上屋敷に頼る他はなかったのだ。許してくれ、喜多川殿」「いや、それはいいのじゃが、吉井にいろいろと手を廻してもらったのだが、先ず田島屋が、主人は清家を手放してくれないとのことだ」「手放したくないと」「はい、なんでも算盤勘定はしっかりやっているし、上方に分店を出したいと、主人に求めているようだ」「そこまで溶け込んでいるのか」奥村家老は驚いたようであった。喜多川江戸家老が言った。

「それから、小笠原道場の場主、小笠原與三郎は、清家は特に稽古熱心で、子弟の導き方も確かでまったく問題なくやっていると言う。かの道場は、鹿島一刀流を流儀としているが、居合に強く関心を持って当道場にも居合の名人と評される三島謙之丞を招いて、門弟に披露したと聞いている。剣の方もかなりの手練れで道場としては奥ゆるし（免許）を与えているという。ただ、当場主の一人娘美弥様の婿《むこ》として清家を考えている話は、一切なかったとのこと。最後に、高萩藩をも繋がりのある法禅寺の住職尊海和尚にいろいろ話を聞いたようだ。清家は剣の道ばかりでなく、若いのに人として高い器量を持っているとのこと。古関師匠の言いつけ、影と音を摑めという戒めを常に身につけ、頭においていると言う。して、市井のことや世事ばかりでなく、藩や幕府のことまで気にしているらしい。しかし、一言だに蔑《さげす》みや悪口はない。表に見えるものばかりでなく、裏に隠されているものを知り、小さな微《かす》かな音（声）を受け止め大事にしなければ、と常に話していたという。

そして、法禅寺の和尚が言うには、『愚僧が心に衝撃を受けたのは、あの若さで、あの立場で、今どこの藩でも財政が厳しく倹約に倹約を重ねて奮闘している、木綿の衣を纏い一汁一菜に辛抱している。上に立つ人自らが、先に立って行っている有り様である。高萩藩でもそこに注目して、広く畑、山裾を開き、梨、ぶどう、または藍など他藩に売れるものを栽培し利を得る。また、天災、飢饉についての備えに薩摩芋を広く多く栽培して飢えをしのぐこと。さらに、手を入れているが、鉱山開発やそれに伴うお湯の発掘を試みる。藩について清家はこれほどまで高みについて考えている若者ですぞ、お分かりいただけましたか』と述べたそうだ」

「もう、そのくらいでよかろう、して清家は、藩に戻る気はあるかどうじゃが、喜多川殿」「そのことだが、田島屋では、今の暮らしに満足しているとのこと」

「そうか、それは、ちと困ったな」

江戸の朝。田島屋で少し早く目が覚めた清家は、太刀を握り、離れを出た。上段からの振り下ろし、一瞬の横薙ぎ、素振りと併《あわ》せて何回となくこなしている。この欅の巨木も寒い朝を迎え、葉を落とし空がよく見通せるようになった。清家は少し汗ばんだところで木刀を収めた。ついでに、庭を掃き清めているところに、鈴が側に寄ってきた。「政治郎様、おかみさんが話していたんですが、政治郎様は国許に帰ることになるかもしれないって、本当ですか」「いや〜。今のところは、その気はない。ここの暮らしに満足しているぞ」「あゝ〜、よかった。ずう〜っと、いてね。政治郎様」「……」

翌日、小笠原道場で稽古をして田島屋に帰ってくると、番頭の香川が「政治郎様、藩の上屋敷の小泉様がおみえになり、この文を置いて行かれました」「何か言っていましたか」「別に、渡してくれればよいとだけ」「それは、忝い」

高萩藩江戸上屋敷喜多川家老からの文だった。二十日、八つに上屋敷藩邸に来てほしいとのことが、認《したた》めてあった。昨晩、清家は布団の中で女人のことを考えていたのだ。鈴が、「ずう〜っと、いてね」などと言うとは思いの外であった。

左夕姫と美弥様も頭に浮かんでくる。左夕様は元気になったと、市之倉の文にはあったが、心の底から元気ならいいけど。美弥様は、よい奥方になられるだろう。美人で賢く優しさがあふれているので、笑いの絶えない夫婦となり、可憐な清々しい日々を送ることになるだろう。

清家は、両国橋を渡り相生町に向かっている、高萩藩上屋敷がある。ここからなら、小半刻もあれば着けるだろう。門番に名乗ると、直ぐ通してくれた。予《あらかじ》め門番に告げていたのだろう。

「お召しにより、参上いたしました。元高萩藩清家政治郎と申します」「あゝ大儀だった、わしが喜多川じゃ。他聞をはばかることじゃから、もそっと近こう寄れ」「はい」「殿に清家の所払いを解く話をするのに、お前の江戸での暮らしを聞いておいたぞ。田島屋ばかりでなく、小笠原道場と法禅寺の和尚にもだ。皆口を揃えて、若いのに立派な人物だと、特に尊海和尚は藩を背負っていく人物だと高い評価をみせている。絶讃《ぜっさん》の言葉をいただき直ちに国許に戻すべきだとのこと」

喜多川家老の言葉を畏れ入りながら清家は答えた。

「いえ。和尚は褒め過ぎなのでございます。拙者は、古関師匠と和尚の戒めを頭に入れていただけです。ついつい出過ぎた言葉を出して悔んでおります。古関師匠には、影と音を摑め、また和尚には、自ら腰を据える場とは、正に公案をいただいたのです」「それは分かった。さて、自分の生まれ育った国許に戻ることについて、いつ頃かを伺いたい」「はい、それについては、今少し時をいただいて考えたいと思っています、田島屋での暮らしに不満はありません。吉井様にもお話しした通りです、しかし、母上ももうお年寄りになっているので、その心配は強く感じております」「時は、やるから考えておけ」「はい、忝い、ありがとうございます」

高萩藩西の丸で、たねは姫と向きあっている。乳母のたねがお茶をお持ちしたのだ。

「姫様、あの洗い物の中に小袖がありましたけど、その小袖の左袖口に血のりの跡と思われる汚れがありましたが、どうかなさいましたか」「あらそう、いや蚊にでも刺されたのかしら」「汚れが大きいようにみえましたが」「……」

その後、数日が過ぎて、姫がいつも手放すことのない小猿の置物を、珍しいことに桶で洗っていた。「姫様のようなお方が、手洗いなど……、たねが、いたしますから」と押し止めるように言うと「よいのです、構わないで」と、姫が見られたくない物を隠すようにして答えた。ふと、たねが姫の左手首を見ると、裏側に二本の傷跡が付いているのが見えた。糸のような細い切り傷が黒くなっていた。たねは昔、心の苦しさを紛らわすために、自らの体に傷をつけるという話を、若いとき聞いたことがあるので、はっとした。このことについては家老にも、間《はざま》様にも話さなかったが、後になって思い出してみると、護身用の短刀は、亡き御台所様より譲り受けているので、成し得ることだと思った。ある日、たねは、藩医の浅倉先生に姫のことは伏せて、それとなしに、自傷の行いについて尋ねてみた。

「人には、心の思いや気持ちの中で、どうにもできないことがあり、沈み、苦しんで気うつの行いに、そういった行為が現れるのだと言う。心の根の底に不惑、不満が強くなってくれば、一瞬のためらいが弾《はじ》けるときがある。そのときに、自らが自らの体に傷をつける行いをしてしまうのかもしれない。その元となるものを除くことが一番じゃが」「はい、よく分かりました先生」

浅倉先生は、それ以上何も言わなかったが、姫のことと考えていよう。姫が時に気うつな顔を見せるのは、たねも心に留めていた。それは、清家のこと以外にないと思っているので、殿や家老にも話せないことであった。

第七章　皮相の見なり

小笠原道場での稽古が終わり、清家が着替えを終えたところに吉川の顔が見えた。

「吉川、時があるか、あるなら蕎麦の伝助でも行こうか」「行きましょう」二人とも、大きな稽古の道具袋を肩に担いで堀川端に出た。まだ灯は入ってないが、伝助の軒提灯を見ながら暖簾を潜った。店は空いていて奥の床几に腰を下ろした。

「津屋様が言っていたのだが、清家様は国許に帰るかもしれないと、本当ですか」「まだ、決まった訳ではないが、田島屋の居心地がよくて、なかなか踏ん切りがつかなくてな」「これからも小笠原道場にいて、師範代になってご指導をしてください」「いや〜。それは、ちと……」と言葉を濁した。

半刻も伝助にいなかったが、辺りは薄暗くなっている。二人は葉の落ちた柳の枝がたなびいている川端を歩いた。突然吉川が、「誰かに尾けられている、気を付けてください」と言った。「そのようだな、そこの辻を右に行き、一人で家に帰ってくれ」と、吉川を押し止めた。

吉川と別れた清家は人通りの多くなった道を通り、田島屋の裏口から中に入った。すると、鈴が歩ってきて「政治郎様、文ですよ」「そうか忝い」

珍しいことに弟の影之助からだった。文を開くと、そこには、母上が、病がちで寝込むことがある。気分の良いときは庭に出て草花を摘んでいるが、どうも心の臓が弱くなっているらしい。食べ物も残すことが多くなっている。一度、顔を見せてやってほしいと締めくくってある。

翌日、いつものように清家は、田島屋の帳場で算盤をしたり、棚に重ねてある商品を数えたりして夕方を迎えていた。

「政治郎様、お客様がおみえです」

吾助の甲高《かんだか》い声がした。吉井が「忙しいところ忝い。ちょっとじゃまするよ」

と、顔を出した。

「お々、吉井か、離れに行こう。鈴、お茶を頼むよ」と言いつけた。吉井が口を開いた。

「突然の言い草やが、明日五つ半、上屋敷の喜多川家老の役宅へおいでいただきたいとのことだ」「五つ半だな」「はい、それから、清家様に申し上げなければいけないことがあります」「なんなりと申せばよい」「国許より名倉様が江戸に来ております。どうも清家様と剣を交えたい様子です」「わしに、そんなことを言っていいのか。お前の仲間だろう、名倉は」

清家の言葉を押し留めるように吉井は言った。

「いや〜。もう名倉様とは関わっていません。付いていけないんです」「そうか、二人の事情は知らんが、わざわざ教えてくれてたのに、すまなかった。昨日、蕎麦の伝助から同門の吉川と二人で家に帰るとき、誰かが尾けている感じがした、あ奴かもしれんな」と言い返し、その場はそれで終わった。

清家は、伝助を出て、吉川と別れてから田島屋へ戻ったときのことを思い返していた。あの晩の夜中に、半鐘が鳴って目を覚ましてしまった清家は、外に出ようと思ったが、その前に番頭の香川が表戸を開け大通りまで見に行ったようだ。直ぐ香川は戻ってきて、この辺りではないと、店の起きてきた皆に言っているのが聞こえた。「江戸の華や火事は……」と吾助が言い残して、寝床に就いたようだった。

翌朝、気持ちよく目を覚ました清家は、朝餉の後、店の商品の片付けや数を書き取りのために帳場に座った。しかし、直ぐ思い出したように立ち上がり、離れで羽織袴に着替えてから、慣れた道を通り高萩藩上屋敷を目指した。

「お召しにより、清家参りました」と、門前で訪いを入れると、直ぐ様江戸詰めの下士が、江戸家老の喜多川の部屋に通してくれた。

「おお、清家か入れ」「失礼いたします」「もそっと近う寄れ、話の前にこれを渡すぞ」

その書面には、鮮やかな文字で「所払を解く松平重範」とあった。喜多川家老は、顔を緩ませて言った。

「よかったじゃないか」「はい、忝く存じます」「そこでじゃ、わしも国許の奥村家老と文を遣り取りして、清家のこの後のことを頼んだのじゃ。前のように藩では、側廻衆をやってもらうが、頭《かしら》としてやれるように頼んである。そして、家禄の方も二十石加増して七十石としてほしいと掛け合っている。この二十石は、姫の剣の稽古をつけていたので当たり前と思うぞ」

「いろいろと、拙者のような者のために慮《おもんばか》っていただいて申し訳ありませぬ」「それから、母上が病と聞いた、藩医の浅倉先生に診てもらえるよう伝えておいたぞ。最後に田島屋に早く話を付けて、国許に戻るよう心を決めよ」「……」

法禅寺の境内の木々も緑が濃くなっている。木の葉での鍛錬をしたあの小路も、今は跡形もなく、雑木が生い茂っている。和尚には、上等といえないが、酒壺をぶら下げ、清家は訪いを告げた。迎えたのは「はい清家様、よくおいでくださいました」と言う、優しいちせ様の声だ。「住職さんを呼んで参ります」と言い残し、本堂の方へ去っていった。

「やぁ、清家か、そろそろ来る頃だろうと思っていたぞ」「和尚の話を聞きたくて足を向けてしまいました」「この老いぼれ坊主も役に立てて嬉しいぞ。今日はなんの話だ、そんな酒など持ってこなくていいのに」「この前、藩の上屋敷に召されて、喜多川家老から『直ちに所払いを解く』との、殿、松平重範様からの上意をいただきました。和尚には言葉では言い尽くせないほど、お世話になり申した」

和尚は、清家の話の経緯を聞きながらつぶやいた。

「そうか、国許に帰ることに心を決めたのか」清家は飲めない酒を口にしながら、喜多川家老の言った三つのこと、加増のこと、役職のこと、母上の病のこと、などを話した。これを静かに聞いていた和尚は、落ち着いた調子で口を開いた。

「う〜ん、これは。清家、いつもお前の頭から離れない〝影を摑め〟じゃぞ」

「そうなんでしょうか」と、清家は訝し気に応えた。

「よく考えてみよ。先ず加増についてだが、今、藩の財務は厳しく、ひどいと聞いている。そんな折に二十石もの加増なんぞあるだろうか。どの藩も扶持高を減らす『借り上げ』をしていると聞くぞ。下級の役人なら二人や三人雇うことができるぞ。役務についても、側廻衆の頭《かしら》にするって、それは無理と思うがのう。とにかく国許の奥村家老に頼まれて、清家が一日も早く戻ることを望んでいるのだろう。このことは、喜多川家老の皮相の見とみた。いわば上辺《うわべ》はいいことを言っているが、実を伴っていないな」

そこまで話すと、和尚は思案するように、一息ついて言った。

「いいか、清家、言い難いことを、あえて言うぞ。内々のことは拙僧にも分からんが、仮にも一度は、殿から命として罪を受けたのだぞ。その罪人が藩に戻り加増までされるとなり、また役の頭に据えるとなると、清家の上役の藩士や同朋と思っている藩士が受け入れることができるであろうか。この二つのことは、拙僧としては、皮相の見を持ち出して清家を早く国許に帰したいだけだ、これが影ではないか」「……」清家は黙したままだった。

「やはり清家、小さくて微かであっても、影と音を摑め」

清家は「はい」と答えるしかなかった。そして、頭を下げて、その場を辞した。

田島屋に帰り離れに行こうとすると、鈴が寄ってきて言った。

「政治郎様、夕方表通りの大道の方を水撒きをしていたら、武士と思われる方が『清家はいるか』と言われたので、留守にしております、何か、と言いましたら、いやいい、と言って立ち去って行きました。何か心当たりでもあるといけないので」「ありがとう、鈴」と、言って、思いを巡らした。

名倉だな。何を企《たくら》んでいるのか。真正面から向かってくればいいのに、こそこそと。

翌日清家は、道場の稽古が終わり、つい三島の住んでいる長屋に足を運んだ。どこからか花の匂いが漂ってくる春の宵に、清家はどうしても避けて通れないような名倉との干戈が頭から離れない。

「三島殿、久しぶりでございます」「どうした清家」「これ」と、清家は手にしたものを三島に見せた。

「なんや酒やないか、お前らしくもないぞ、何か大変な悩み事でも起きたのか。はぁはぁはー」「その通りですよ、三島殿。居合の名人に命を狙われているんですよ」「そりゃ～、穏やかでないな」「居合の実の技を教わりたい、体に浸み込ませたい」「……」「夜の暗がりを望んでいる」「うん、そうか、やる気やな、清家」「どうして、わしを怨んでいるのか知りませんが、受けて立つしかない、と」

清家が決心のほどを語ると、三島が言った。

「では、小網神社へ行こう、暗がりの木刀の動きは疾い、どう防ぐか。清家、居合も心だな。心がしっかりと歪みなく構えていれば、動きが遅く捉えられるぞ。剣を見ずに相手の目を見よ。虫でも蠅でも動きの先取りをし、目を離さず追うように練武することが大事やぞ」

二人は、場所を小網神社に移し、木刀を構えて、しばらく対峙していた。

「清家、一点に絞る、剣を鞘に収める一瞬、右手肱を狙う業だ」「右手肱ですね」「そうだ、影落としの心構えでやれ、それができれば、もう教えることはない」と、三島が木刀を手から離した。

清家は、気持ちが少し溶けて小走りに田島屋に急いだ。離れに入ると、「政治郎様、お茶をお持ちしました」と鈴が迎えた。「いつもすまないなあ」「政治郎様、何をなさってみえるんですか」「鈴、よく見てみよ、この蝿の中で、どれか一匹を追って見ているんだ。蝿は、羽根はあっても青空に鳥のように遠くに飛んでは行かないだろう。しかし、動きは素早いし、目を離さないよう、目の鍛錬をするのだ」「ふ〜ん、煩《うるさ》くてたまらない。蝿まで友だちにしているんや、ふふふー」「友だちかあ」「どうせ政治郎様、剣の稽古に役に立てようとしているんでしょ」「分かるか、鈴」「はい、危ないことは止めてください、私、心配です」と、鈴は眉を寄せた。

「わしは、争い事は好きじゃないが、寄ってくるんでな」「政治郎様、女の人も寄ってくるんじゃないですか」「あ〜、そうじゃな。たくさんの星の数ほどの女の人がな」「にくらしい人」と、言い残し去っていった。

清家は、田島屋で算盤勘定を終え、帳簿の後始末をしていると、「清家様」と呼ぶ吾助の声がした。

「今、小さなお子が、この文を持って参りました」「あ、そうか、どれ」

文を開けてみると、やはり名倉からだ。明日、暮れ六つ須崎町の長命寺持仏堂で待つ、と認《したた》めてあった。いよいよ命の遣り取りをしなければならないのか、清家は意を決するように文を閉じた。翌日は、からりと晴れて暖かい日だった。清家は、名倉と剣を交えるという不安より、名倉が、わしに抱いている怨念を消し去る方法がないか……と思っていた。刻が迫ってきたので須崎町に足を向けた。長命寺の広い境内は、木々に覆われて昼でも薄暗い。持仏堂の前に一人の男が座っていた、名倉だ。

「清家、またお前は、卑怯な真似をしているのではないか」「卑怯」「そうだ、田島屋の前掛けを重ねて腹に巻いたじゃないか」「同じことはやらんぞ、それより名倉、なぜ、わしに怨みを持つのじゃ。前の仕返しばかりじゃなさそうだ」清家が、事の真意を質そうとすると、名倉が答えた。

「お〜、よくよく聞いてくれたな、お主が姫に剣の道を教えて慕われていると聞いてから、気になっていたんじゃ。そして、なぜ古関道場を選ばれた。三郷道場と交互にやるとか方法はあったのに。間市之倉が今、姫の稽古をつけているが、姫は嬉しそうな顔はしないと言うぞ。

江戸での清家の話をすると、生き生きと輝く瞳でいろいろ尋ねてくると聞いている。清家、お主は知らないが、前々から、わしは姫に心を寄せていたのだ。どうしようもなく好きで、間からは、懸想《けそう》がひどくなったな、とも言われた。ただ姫は、わしの顔を見ても普段と変わらない様子じゃが、そこでお主には死んでもらわないと」

憐れむように清家は言った。

「そうか、お主も悲しいな」「……行くぞ」「恋に目が眩《くら》んだ、愚か者が」

怒りを抑えるように名倉は、腰を落として左手で鞘を握った。右手が動く瞬時に一閃の風、一陣の風、胴薙ぎ、袈裟懸けと連続で踏み込んできた。清家は、体を躱すのにやっとだった。疾い。辺りは暗く少し風も出てきたようだ。木々の梢《こずえ》の擦れる音、虫の声、名倉の足擦りの音が、微かに耳にできる。大上段からの斬撃をかろうじて藤四郎宗則が受け止めた。刃と刃が打ち合う音、火花と続いた。いったん、後ろに退《すさ》り、名倉は、剣を鞘に収める。誘っているのだ、じゃ誘われてやろう。清家は、青眼の構えから上段に上げ、切り下げようとすると、名倉は抜刀と同時に地から切り上げてきた。清家の太腿を狙った、激痛が走った。と同時に名倉は納刀しようと左手が鞘に触れた、瞬時に清家の藤四郎宗則の峰が名倉の右手肱を捉え、鈍い音がした。「名倉、これまでだぞ」「……」

清家は、左足首まで生温かい血が流れ落ちるのを感じた。そして、二人は無言で闇の中から別れた。

田島屋まで辿《たど》り着いて明かりを点けると、鈴が飛んできた。そして、野袴を見るなり驚いて「政治郎様、袴が」と、言った。鈴の目が差すところを見ると、広く血のりが付いている。

「政治郎様、袴を脱いで袷を着てください。そして、そこで横になってくださ い」

鈴は、手際よく清家の足を伸ばさせ、桶に湯を入れて持ってきた。手拭いを浸して絞り、血のりを取っている。清家は、痛みはそれほどでもなく、目を閉じて鈴に任せていた。

「政治郎様、動かないで。傷は二寸足らずで浅いので血も止まっていますよ。傷口に気をつけ拭いときますね、そして薬を少々つけます」「鈴、忝い、礼を言う」

鈴は手拭を取り替えて叩くようにして汚れを取っている。白く綺麗な鈴の手が甲斐甲斐しく動いている。

「あと、薬を塗って晒《さらし》を巻いておきます」と言いながら、さらに奥に鈴の手が触れてきた。清家は安堵したのか気持ち良さを感じていた、その頭の中で、よからぬ気持ちが擡《もた》げているのを感じて、こんな怪我、刀傷の手当てをしているときに、なんと。袷せがずれ褌が少し見えている。それが天を突いて褌が少し持ち上がったように感じて、清家は困り果てた。今さら、手を下ろして押さえる訳にもいかずそのままにしていた。やっと晒を巻き終えた鈴は「あれ、何、これ」と笑顔で耳の後ろから首すじまで朱に染めて見つめていた。「政治郎様、こちらは終わりましたからね。そっちの方は、私は知りません」と言って立ち去った。「鈴、ありがとう」と言うと、遠い所で「知らん」と小さい声がした。

清家は、田島屋の帳場に積んである薄冊《ぼさつ》の後片付けをすまして、小網神社の方に向き歩いている。諸白とはいかないが、酒瓶を手にしている。三島には、居合術をお教えいただいたお礼に行くつもりだ。三島は相変わらず、汚れた袷に、擦り切れた袴を着けていた。

「清家、久しぶりやのう」「三島殿、居合術をお教えいただいたように、右手肱を狙い峰打ちをしました。多分、骨が砕けているでしょう」「そうか、もう居合は会得したので清家、拙者の出る幕はなさそうじゃ」「三島殿、これだけ平和な安寧な世の中が続くと、もう刀槍での戦いはないでしょうな」「しかし、剣の道は失い、なくなることはないだろう、剣の技は心からだ。心を養うことは、いつのときも必要であろう」「拙者も、これからも続けます」「そう言ってもらえるとありがたい」

そこまで口にすると、三島は静かに語り始めた。

「小網神社の南に小さな家屋がある。それを手に入れて小さな道場をやろうと思っている」「そうですか、生計《たつき》のこともあるので、開いた方がいいですな」「しかし、門弟が入るかどうか」「大丈夫ですよ、三島様の剣の技と心構え、人柄が門弟を引き寄せますすよ」

翌日、清家は、田島屋の帳場で夕方七つ頃まで、勘定表に目を通していた。いきなり、上屋敷の吉井が顔を見せた。

「なんだ、吉井じゃないか、急にどうした。まあ、離れに行って話を聞こう。鈴、お茶を頼むぞ」「はい」

部屋に入るなり吉井は「どうも家老が、煩くて」と困ったように言った。

「まあ、お茶でも飲んでゆっくり聞かせてくれ」「早く清家を国許に帰すようにせよと」「しかしなあ、吉井、ついこの前も、名倉から呼び出しがきて、命の遣り取りをしたんだぞ、そうせかせるな」「そうですか」「名倉はもう、剣を持てないかもしれないぞ」「え……清家様は」「大股の所に少々の傷をもらった。それで吉井、家老には、清家に厳しく言っておいた、と返答すればよい。清家も分かったと言っていたと伝えればいい。名倉のことは、そちらに、その責があるのだしな」「はい、分かり申した」

後日、田島屋帳場で勘定しているとき、吾助が「政治郎様、お文です」と正しくおじぎをして文を差し出してくれた。「すまないな、いつも吾助を使って」と、言い添えた。文は市之倉からだった。あ奴からの文は久しい、健やかに暮らしているのだろう。開けてみると、市之倉はやはり、ありきたりの文だった。それとは別に、しっかりと閉じられた文が添えられていた。姫からだ。文には、『政治郎様、早く早く戻ってきてくだされ。前のように剣の方をお教えくだされ、私の傍らにいて江戸の話を私が厭《いと》うまで聞かせてください。お願いです、早くにね』と、記されていた。

次の日、清家は上屋敷の家老喜多川様にお会いするため参上した。吉井に取り次ぎを頼んだのである。

「ご家老様、清家様がお見えになりました」「うん。そうか入れ、お前も一緒にいるように、吉井」「はい」「清家政治郎、参りました」「近くに」「喜多川家老様、心が決まりましたので、参上つかまつりました」「うん、そうかそうか」「二十一日に国許へ出立したいと思っています。それまでに、お世話になった所にお別れの挨拶をしたいと存じます」「いいだろう、名倉のこともあったでな。名倉は、もう剣を握れないというぞ」「はい、そうですか」

内心、清家は、己の太刀筋の感触から、深手を負っているに違いない、と思っていたのだ。

「清家、江戸の道場からも、奥ゆるし（四段階の三番目①切紙②中しるし③奥ゆるし④皆伝）の免許が出ていると聞いたぞ。いかにして上達したか、時間を掛けた鍛錬だけではないだろう」「いや、そんな秀でた技も力もありません」「謙遜せんでいい。聞くところでは、影と音を摑むという秘法を信念として持っていると言うではないか」「いや、そんな大事なことではないのです」「そう言わずに、わしにも分かるように一言で言うたら……どういうことだ」「では、烏滸《おこ》がましいですが、例を挙げてお話ししてよろしいですか」と許しを乞うて申し述べた。「役者絵を描く絵師でも、姿や顔形だけに捉われず、骨格や肉体までも見ようとして描くと聞きました。それで、初めて動きのある絵が描けるとのこと。それと同じで、見えないところも見るようにして、聞こえない微かな音も摑むようにして、その後どう動くのか、どんな音を出してくるのか、摑むようにしているだけです。申し訳ありません」「ほ~う。そうか、そうか、なるほど」「……」「よし、吉井も一緒に清家と国許へ行け、これが路銀だ」「いろいろと家老様ありがとうございました、これで失礼いたします」

上屋敷を出ると、吉井は名残惜しそうに言った。「清家様、いよいよ江戸ともお別れですな、三年もの間、ご苦労でした」「吉井、お主にも世話になったな、堀川端の柳にも別れ、舫われてある屋形船も、もう見ることもあるまい」

清家は田島屋の離れで今までのことや、この後のことを思いつめていた。

「田島屋正兵衛様、長きにわたりいろいろとお世話になり申して忝い。明日出立が早いので、ご挨拶に参りました」「いやいや、こちらこそ勘定の方を、きちんとしてもらい、袋井の種蔵親分の方にも力を入れていただきました。お陰であれからは、まったく音沙汰なしで、家族や使用人全員が清家様との別れを惜しんでおります。江戸に見える際には、この田島屋をお忘れなきようお願いします。これは清家様、僅《わず》かで、すまないですが路銀の足しにしてくだされ、ありがとうございました」

田島屋は、深々と頭を下げた。清家は、自分の借りていた部屋で、少ないが荷物の整いや、振り分けをしているところに、こつこつと戸を叩く音がした。「はい」と、答えると入ってきたのは鈴だった。手に包みを持って立っていた。見ると目を真っ赤にして腫れていた。涙を何回か手で拭いたのだろう。

「これ明日のおにぎりです、吉井さんの分も入っています」「いや〜。ありがたい鈴、本当にいろいろと世話になった、迷惑も掛けた、礼を言うぞ」「政治郎様、とうとう行くんですね。もう会えないの」と鈴は、また大粒の涙を流して、清家の胸に顔を埋めている。清家はそっと鈴の背中に手を廻すと、そのまゝ鈴は清家の胸に顔をさらに埋めてすすり泣く。どれほど刻が過ぎたのか、清家は「鈴、達者でな、何もしてやれなくて申し訳ない」

鈴は、清家の胸の内で小さく首を横に振った。清家は、鈴の顎《あご》に右手の指を優しく添えて少し顔を上げて瞳を見た。暗い灯の中で、あどけない少女の瞳が濡れていた。黒い髪が少し乱れて、黒い瞳が一際《ひときわ》冴えて見えた。鈴は、心の底から別れを惜しんでいるように、鈴の心から伝ってきた感じに清家は、自分の心が衝《つ》き上げられていく。清家は、鈴を強く抱きしめ、顔を鈴の顔に近づけた。鈴も白いかわいい小さな手で清家の背中に力を込めてきた。清家は、鈴の唇にそっと自分の唇を重ねた。燃えるような熱い唇が二つ重なって動かない。清家は、強く鈴の口を吸った舌を絡めた。どれだけ刻が経ったのか清家は分からない。ただ、このまゝ続いていくと危《あや》ういと思えた。それは、下半身の脹らみを強く感じてしまっていたからだ。芯の何かが痺れるほどの心地よさに、襲われている清家だ。手が鈴の胸に、そして、まだ花も開いてない可憐な乳房に口をつけ、思うがまゝに吸ってしまう。もう、危ない、清家は手を緩める。鈴の体と少し離れた。

「鈴、文を書くぞ、そして江戸へ出てきたときには、田島屋に真っ先に寄せてもらうぞ、元気で暮らせ、鈴」「政治郎様、好きです、さようなら」

戸を静かに閉めて鈴は去っていった。清家は、もやもやとした今の自分の気持ちはなんだろうと思い、心の裡の苦しさを知った。


そして、通い慣れた小笠原道場を訪れ、門を仰いで目に入ったのは、入門の際の太字の看板である。懐かしい。師範代津屋様の一声で木刀を交えていた門弟達が手を休めた。場主の小笠原與三郎、美弥様も並んでいた。清家は、お世話になった事を一言別れのあいさつにしたが、熱の籠った道場で、そぐわない気がした。美弥様と目が合ったが。「清家様、寂しくなります」と一言いただいたが、何か物足りなさを心に感じた。

第八章　懐かしの王岳

明けたばかりの空に、まだ星が耀《かがや》いている。東南の方向に一段と光っている星が、道標《みちしるべ》の星か。その星を背にして二人は、江戸の町を北に向かった。清家と吉井は歩を進めていた。

「吉井、少し雨が降ってきたな、急ごう」「そうだな、暗くなっては足元に不安だ。灯りがないから」「吉井、気が付いているか、こんな田舎で人も少ないのに、後ろの三人の影が見え隠れしているぞ、気を付けよう」「はい、しかしわしらを狙っているとしたら、偶然ではなくて日取りを知っていると。田島屋を出るときから尾けていたのか」「名倉では、どうじゃ」「いや、家老に呼び出され、厳しく釘を刺されていたから、そして手の方が完全には治っていまい」「じゃあ、しばらく様子を見よう」

そこで話が、吉井の剣のことに移った。
「吉井、三郷道場では、居合もやっていたのか」「いや、名倉さんだけで、わしは稽古もしておりません。まだ三郷道場には三年半くらいしか通ってないんです」「そうか」

吉井は清家の三つほど年下で、藩では、文庫蔵の役柄を得ている。蔵書の整理から文書類の保存、分類などもやっている。清家と同じく軽格の家士だが、不満を漏らすことはなかった。三郷道場で名倉と知り合いになったが、何かが噛み合わないのか、今は行き来はしていない。吉井は素直な人柄で、江戸屋敷家老には信を得ている。この度も、清家に付いていて、何かあれば知らせてほしいと家老から言われている。清家は、尾けている輩は、江戸屋敷家老の指図かと思ったが、どうも違うようだ。わしが国許に帰郷して困る人物がいるということかと、推察していた。「吉井、あそこの幟のある水茶屋に入るぞ、休んでいこうか」

暖簾を潜り店に入ると、先客は薬箱を側に置いて、茶をすゝっている商人風の一人と、老いた夫婦らしい人が座っている。他に気になる人は見えない。

「吉井、わしが、間市之倉から以前にもらった文で知ったが、藩の勘定表で金八十両が合わずに、使途不明で騒動になったことは知っているな」「はい、藩内の家士から噂が噂を呼んで、大きな話題になっていることを聞きました」「どうして、わしがその金子を持ち逃げしたとの咎人《とがにん》にされたのか」「詳しくは知りませんが、勘定奉行の乾様が言いだしたようです」「乾か」そう言うと吉井が訝し気に口を継いだ。

「それが、どうしたんですか」「いや、所払いの罪人に、加えて金子の持ち逃げの罪を被ることで帳尻を合わせようと考えたのか」「いや、わしは清家様を信じていましたから人柄を見れば一目瞭然でしょう」「わしはな、吉井、この金八十両について釈然とはしていない」「はい」「あの藩の御用商人播磨屋の常川という番頭は、なかなかの曲者と思っている」

吉井も得心したようだった。

「口達者の方ですね」「そうだ、その常川が手代の音吉とかいったか、その手代に瑕疵《かし》を押しつけて、音吉のせいにしているのではないか、と思っている」「まだ、若い音吉だから、何も言うことはできないでしょうし」「そんな大金を失念していたとは信じ難い、杜撰《ずさん》な帳面を押し付けられているのか」「音吉が気の毒です、信じられませんな」「よし、吉井、次の宿場まで急ぐぞ、暗くなってしまったから」「清家様、外側を見てください」

吉井は、ささやくような落ち着いた声を発した。

「う〜ん、怪しい奴らだ。蓑笠を着けているが、百姓には思えない。身の動きや、歩き方は、武士、浪人のたぐいだ。未だ尾けているのだな」「そのようです。宿場の灯が見えてきました」

用心しながら「東屋」という提灯の下がっている旅籠に二人は入った。

「清家様、刀は、枕元に置いてください」「そうしよう、明日は早いぞ」

翌日、外がほんのり明るくなった頃、天の空も旅人に味方したかのように晴れてくれるようだ。

「清家様、小仏の峠の辺りで、日が暮れるでしょうから、賊の待ち伏せに気配りをして行きましょう」「そうよな」


高萩藩勘定奉行乾善之助と藩御用商人播磨屋番頭香川重成が、乾奉行の私邸で話をしている。乾奉行の額には、汗と皺が目立っている。乾が言った。

「香川、清家が明日にでも、この藩に戻ってくる。奴は江戸で三年もの間、婚礼の品を扱う老舗田島屋で総算盤勘定を任されて、しっかりとこなしてきたと聞いた。それに以前、殿の側廻衆で勘定役もやっている。藩の財政改革を目論んでおり、倹約令とか知行半減とかも藩改革の事業に取り込みたいと、殿に建言するかもしれない」

それに応じるように、播磨屋の番頭が答えている。

「それは困ります、乾様」「奴は下級家士だから、わしには、口出しできぬが、播磨屋に近づくと思われる。そこで香川、手代の音吉と、あの小僧にしっかりと釘を刺しておかないといけないぞ、先ず、店に近づけてはならない」「手代の音吉には、一切店のことは他人に話すなと言ってあります。小僧は、使い走りと掃除、水撒きくらいの仕事だから大丈夫です」「清家は、顔を出さないが、意を汲んだ誰かが客の振りをして店に入るのは止めようがない。だから、帳簿や証書などの保管、始末に力を注ぐことだぞ」「はい」と香川。

「兎《と》に角《かく》、金八十両の使途不明の際に、慌てて清家が持ち逃げしたのか、と言い出したのはいけなかったな」

乾は、清家が江戸に所払いの罪で藩にいないことが頭に入っていたので、つい口走ってしまった。乾にしては不覚だったが、執政会議など公の場ではなく、公邸の中で勘定方の人がいる中で、うそぶいたのみだったが、直ぐ噂《うわさ》になった。

「そうやないか、香川。そっちにも責任はあるぞ」「はい、分かっております」

「お前が帳簿を正確に見とけば起きなかったのだぞ」「はい、申し訳ありません」「大体、手代に別帳を見せていることがおかしいぞ」

清家と吉井は、緑の濃い田舎道を歩きながら、通り行く人々に視線を送っていた。

「吉井、小仏の峠までかなり歩かないといけないのに、その前にひと仕事あるぞ」「そうですな。木陰に胡乱な三人連れが休んでいますね」「狙いは、わしだから吉井、剣を抜くなよ」「……」「おい、ちょっと待て、清家だな」「……」「命をもらい受けるぞ」「なんの恨《うら》みがあるのだ」「……」「頼まれ刺客か、汗水流して働いて生計《たつき》を考えたらどうじゃ」「お前に言われることはない」「そうかな、天道様に見られても辱《はずかし》くない生き様をせよ」「小癪《こしゃく》な奴や、やっちまうぞ」「おう」

真ん中の痩身の奴が手練れだな、と清家は見当をつけた。だが、どう動くか、どんな流儀か見当がつかない。清家は頭の中で、影と音、それに木の葉の術を浮かべてみた。心が静かになり、身には力が入っていない。対峙している痩身の男も、動こうとしない。清家は、少し遠くを見つめ、木々の梢の向こうに水茶屋の幟が風に揺れて見えた。左側の若い奴が、「いくぞ」と、上段から袈裟懸けにきた。太刀筋はよく見える、まだ清家は藤四郎宗則を抜刀していない。痩身の男は手を出そうとしない。

「やぁ！」と今度は、胴薙ぎできたが、踏み込みが足りない。清家は藤四郎宗則を青眼に構えた。痩身の男は清家の太刀筋を見ようとしている。隙をつくり上段から振り下ろす。が、遠く及ばない。次に一閃して右腕の内側に突きを入れる。手応えがあり、右脇腹が裂け、血が流れ落ちた。あと一人の男は、後ろに退き、恐怖の顔色で青みを帯びて刀は構えてはいる。痩身の男が抜刀して中段に構えているが、やはり隙はない。影も音も今は現れていない「参るぞ、清家」一瞬の突きだった。間一髪で躱すが、瞬時に袈裟懸けにくる刃と刃の斬撃の音と火花が散る。疾い。清家は退いて間合いをとる。隙はどこにも見当たらない。しかし、奴が打ち込む前に細い目が微妙な開きを見た。これが影だ、清家は間合いを詰め、もう一度試してみる。八双からの構えで袈裟懸けに振り下ろすと、大上段からの斬撃だ。膂力の乗っている重い太刀だが、藤四郎宗則が受けた。やはり目が大きく開く。今だ。一瞬、清家は得意ではないが、正面を狙って峰打ちにした。手応えはあった。痩身の男の額に一筋の血が流れている。すると、後ろに退っていた男が「清家、また会おうぞ」と言って遠ざかっていった。吉井が近づいていた。

「清家様、見事です。さすが奥ゆるしですね、清家様、山の稜線にうっすらと王岳が見えますよ」「ほんとだ、いよいよ高萩藩に戻ってきたのだな、懐かしの王岳よ」

翌日、清家は高萩城へ久々に登城し、家老奥村他、多くの上司に帰郷の挨拶をする。勘定奉行の乾善之助は、労を労《ねぎら》う言葉もなく冷ややかな顔を向けていた。

「左夕姫様、ただ今、戻りました」「あら、政治郎様」

二人は、西の丸広間の縁に座り手を自然に取り合って顔を合わせた。たねがお茶を置いて去って行くのも二人は気にしていない。姫は涙が後から後から流れ、頬を濡らしていく。

「会いたかった政治郎様、いつも頭の中は政治郎様の姿が影絵のように浮かんでいましたよ」「拙者も江戸で、法禅寺の庫裡や田島屋の離れで姫様の夢が……」「嬉しゅう、ございます」「明日から少し剣の稽古をいたしましょう」「はい、もう政治郎様を離しません」「……」「政治郎様、私の詫びの気持ちを聞いてくれませんか」

左夕姫は、そう言うと、袖で涙を拭った。

「政治郎様は、この左夕に怨嗟の心を抱いて江戸で暮らしていらっしゃったのですか。そうであっても仕方のないことです。私が全てのことに息苦しく狂っていたのです。たね・は・、姫様は、重い重い気鬱《きうつ》になられています、と言い、御祈禱をしたらどうでしょうか……と勧めましたが、お断りしました。そんな気持ちが日々続いておりました、間市之倉様のお文に、政治郎様のことが少し書いてあり、その話をお聞きし心が楽になりました。私が愚かな女だったのです、お許しください。政治郎様」「いやいや姫様、拙者こそ、とんだ浅い心しか持ち合わせてなかったのです、師匠の古関道場の場主、古関玄之助殿にあれほど強く深く、影と音を摑めと言われていたのに、姫様の心と気持ちの有り様を少しも考えることもせず、稽古を終え、そそくさと西の丸広場を去っていました。姫様は藩内のことばかりでなく、広く市井のことや世事の様子まで、いろいろな出来事を知り、そして話し、尋ねることを望んでいたのでしょう。江戸で法禅寺の暗闇で寝れないとき、頭に浮かんでいました、愚か者は拙者です」

第九章　播磨屋を狙え

今宵は、提燈も要らないくらい月明かりがあり、足元も怖くはない。柊《ひいらぎ》の葉が光を帯びて光っている。清家の家は、軽格の家士に相応の小さな屋敷である。庭も小さく、柊の他に楓と樅《もみ》の木が植えられている。病弱の母と弟の三人で暮らしている。奥座敷に市之倉と吉井が座っている。

と、清家が言った。

「吉井、こんな狭く、むさ苦しいところに来てもらって忝い。わしにとって信のおける人でないと話を進められないんだ。知っての通り、勘定方が金八十両の金子を失い、使途不明だと騒いで、とどのつまり、わしにその責を負わせ風聞を流し、任を終えようとした。これは許すことのできない重さを感じている。あまり刻を経ずして播磨屋が謝りに参ったと聞く。

そして、手代の失念と過ちによって起こったことだ。番頭も店主も帳簿を見るくらい日頃していているだろうに。わしは、播磨屋と藩の間で潜んでいるものがあるのでは、と訝ったのじゃ。今、どこの藩も財務が貧困と聞く、倹約節制など常にやっているだろう。藩によっては、知行を減ずるところも出てくるだろう。高萩藩も相当な借財を抱えていると思う。しかし、勘定奉行や算勘を勤めとしている勘定方からも公の報せはない」

市之倉が、口を挟んだ。

「この問題に、頭を突っ込むと勘定奉行から、横槍をなぜ入れるのかと言われるぞ」すると吉井が「今、殊更大きな不正が認められてるという証しはない」と、続けた。清家は「その通りじゃ、貴殿らと異なるところは、咎人にされたことが心の底にあるんだ。単なる風評と言うが、本人にとっては罪の積み重ねだったのだ、市之倉」「まあそれは、一つの筋ではあるが」「じゃあ、一人でやったら、とは言わないでほしい」「分かっている。清家よ、わしの近い友に米田という奴がいる、勘定方の下級の役をしている、そ奴に当たってみよう」その市之倉の言葉に、清家は、釘を刺した。

「これは、他言無用に願いたい。これを守らないと、またわしは咎人になるよ、はっはっはー」呼応するように吉井が言った。

「わしは、播磨屋の丁稚、小僧に当たってみる。よく使い走りに店の外へ出てるようだ」「吉井、市之倉よ、いずれにしても、隠密《おんみつ》にな、くれぐれも他言無用で頼む。これは些少だが、持っていってくれ」と、清家は、二人の前に二両ずつ置いた。二人とも、怪訝《けげん》な顔で清家を見ていた。


高萩城西の丸に西の日差しが強く入り込んでいる。左夕姫は近頃、高価な西陣織とか小千谷縮織など身の近くに置かない。今日も木綿の素地に針を動かしている。

「たね、奥村の爺に会わせてくれ」「また、姫様、何かお頼みするのですか」「そうじゃ、たね」「そんな真顔でおっしゃる。姫様、どんなことでしょう」「たねも知っているように、政治郎様と夫婦になるのじゃ」「な、なんと、そんな、大それたこと。殿はご存知でしょうか」「後で話すつもりじゃ」「いや〜、姫様。大変なことなんですよ」「だから、まず奥村の爺に頼んでみるのだ」

左夕姫も十八歳となり、あちこちの大名の二男、三男の婿の話が持ち込まれているが、姫はまったく耳を貸さない。たねも、その話があるたび姫に話し掛けも、返事もないので、相手様への取り次ぎに窮している。なぜに、受け入れてもらえないかという藩もあって、たねも困り果てているようだ。

左夕姫は、家老の奥村、つまり爺に懇願していた。

「爺、なんとかならんかえ」「姫様、これは、ちと無理ですぞ」「爺、どうしてなんじゃ」「姫の婿になると、ゆくゆく藩主となるのです。だとしたら、幕府の内諾も得ないといけないと、一つ一つに口を挟んでくる。軽格な出身で高貴な方の縁戚もない清家に幕府が承認を出すとは考えられませぬ」「そこをなんとかするのが、家老の爺やないか、私は幼い襁褓《むつき》を当てていた頃から、この西の丸で暮らしてきたのじゃぞ」「そう言われましても」「どうにか、手を探してくれ爺、頼んだぞ」

「今宵は、ありきたりのご膳やけど、食べながら話をしよう」酒は出ないものの、ここは清家の自宅である。吉井が言った。

「あの小僧は、なかなかこちらの信を疑って耳を貸そうとしなかった。日を重ねて最後は、他言無用と正義の道で頼んでいるのだと、やっと理解してくれた。間様より別帳の知らせを受けたので、そのことを小僧に話して、別帳の内容を知りたいが、なんとかならんか問いかけたのですが……」

市之倉が、口を挟んだ。

「別帳があることを知ってなかったのだろう、その小僧は。え、吉井」「そうなんだ、多分手代の音吉が使っている戸棚を探させ、そして最後の面だけ写してもらってきた、それがこれだ、清家」「う〜ん、ようやったな。百二十五両が残額か。八十両が出され、直ぐ戻されている。出された日付が、拙者が咎人だと評された頃と一致するな。帳面の上段を見ると、二十五両とか、五十両とか出されているな、なあ、市之倉」名指しされた市之倉が言った。

「わしの方は、米田は奉行との繋がりもなく、ひたすら算盤勘定方として働いているだけ。しかし、頻繁に播磨屋の番頭常川重成が乾奉行のところで話し込んでいる。たまたま、米田があるとき、乾奉行の傍らを通った際に、播磨屋の常川が、・・・べっちょうという言葉を言ったので耳に残っていて、なんのことだろうと思っていた。数字のことも聞こえてきたので、別帳の意味かと思った、と米田から教えていただいた」「よくやってくれて忝い、市之倉。だが、いくつか分からぬところがある、一緒に考えてくれぬか」「一つ、本当に別帳があるのか。誰が記帳しているのか、手代の音吉か。二つ、八十両の出し入れは、なぜか。三つ、二十五両と五十両を出してどうしたのか。四つ、別帳には百二十五両の残額はどこから入ったのかだ」「清家、別帳は利鞘《りざや》のためにあるのでは。藩と播磨屋の間で品物が動けば、動くほど利鞘があって別帳に入れ込むのではないか、清家」「う〜ん。なるほど。わしもそう思っている、これが真実とすると、不正だな。わしの命を狙っていたのは、これがその元になっているのか」二人の遣り取りを聞いていた吉井が言った。

「では、その金子は誰が費すのか。元々は藩の公金ではないのか、そうだろう、清家」「そこだな、吉井、これは自分の推知だが、奉行と番頭が組んでいるとしか思えない。ここだけの話だけど、狙われた意が少し浮かんできたな、のう市之倉」「では、どのようにして利鞘を生むのか、品物の値を上げるだけでは、他店と比べれば勘定方は直ぐ疑問に思う」その疑問に対して、吉井が私見を述べた。「賄方の話だと、藩の令に従って、ここ半年前から倹約をしていると言う。保存の利く、塩、酒、米、麦、味噌、麹など多くの品物を減じて注文していると言うぞ、市之倉」「それが別帳だろうか」そこで清家が、疑問を呈した。「いや違うな。あからさまになっている数は、本帳に記しているだろう」すると吉井が話した。「では、別帳の方の利鞘はどこからだと思う、市之倉」「それが分かれば、不正を糺せる」

清家が、首を傾げながら思い出すように言った。

「そう言えば、わしが江戸に行く前に、姫が、御膳が進まないと嘆いていた。麦もお米も、青物も前より旨くなくなったと。品物の質を下級に下げたのではないだろうか」

吉井が応える。「その質の差が利鞘か」となると、と市之倉が口を入れた。「だんだん明るみが差してきたようだ、清家」清家は、話を切りあげるように言った。

「頭の整え方もあるので、今宵はここまでにしよう」

　西の丸では、清家が優しく左夕様に近寄り、白い稽古着に紺袴を身に着けている左夕姫様の傍らに佇んだ。

「左夕姫様、近頃姫様の剣の動きが疾くなり、びっくりしました、左右の動きが躍動しているように」「はい、嬉しゅうございます」「お身体《からだ》も絞られてきました」「これも、政治郎様のお陰です。それと江戸の話の居合術の達人のこと、その続きを聞かせてください」「あ〜、三島名人か、目高の胴薙ぎの見世物のことを話しましょう」と、いったん清家は、三島に話題を変えた。

「神社の境内に集った黒山のような人々の前に、莚が敷かれてる。そこに大きな盥に水を満たし三島名人は置いた。一杯の水の中にたくさんの目高が驚いて右往左往している。鞘に手を添えた名人は、まったく微動だにしなかった。かなりの刻は過ぎたが、名人は水面を睨んでいるだけだった。観衆がじれて痺れてきた頃、一閃した。一匹の目高が二つに裂かれていたのです」

ここまで話すと、姫は「何か信じ難い感じ」と、言った。

「いや、姫、名人がどうして抜刀をなかなかできなかったか、お分かりか」「盥の中の波が収まらなかったか、観衆のざわめきで心が乱れていたのか、私には分かりません」「それもあるでしょうが、目高は盥の水が、もう揺れ動かないのを知って、四、五匹の群れで同じ方向に泳ぐのです。それを名人は待っていたようです」「そうですか、剣の道は、剣の上達だけではいけませんね。いろいろなことを知らなければ上達したとは言えないんですね」

久しぶりに清家、市之倉、吉井と三人とも非番なので、堀川端の「かどや」で顔を合わせた。清家はこの店にあのおやゑがいるので困ったと思ったが、二人には言えないし、黙り込んでいた。

「あら、政治郎さん久しぶりね、元気」「あゝ、はい」

そう言うと、おやゑさんは奥に入って行った。お客も離れた席に老夫婦がお酒を飲んでいるだけだ。そこで、清家は、播磨屋の話を持ち出した。「何か変わったことはなかったか、市之倉」「米田から少し聞いたのだが、八十両の件だが、藩も店からの払いを求められた通りの額を支払ってしまったとのこと。播磨屋も倹約した八十両は払い求めてはいけないのに」清家は、得心したように口を開いた。「だから、倹約した品物の数と値について、全ての値より差し引かなければいけないのに、双方とも失念していた訳だ」「そこなのです、藩の勘定方は倹約した品数と値について差し引いて帳面に算勘されていたから、八十両の使途不明があったことになる」と、市之倉が言った。その後を清家が継いだ。「後日、播磨屋は、取り過ぎた八十両を返してくれた訳だな」と言うことは、と吉井が続けた。「その八十両がなんと、藩の別帳から振り出して補ったらしい、とんだ勘違いを手代がしたというのだ」市之倉が確認するように言った。

「そこで、本元の播磨屋の帳面から藩の別帳に戻されたということよな、吉井」

「ああ、そのようだ」納得の顔で清家が「ここまでは、貴殿ら二人のお陰で明らかに判明したと思う。あとは、別帳の二十五両と五十両の行く先だな、なあ、吉井」「もう手代の音吉を引っぱり出すしかないか、市之倉」「ここへ連れてきて三人で、嚇《おど》すか。藩の正義のためだから、少々、荒くてもいいと思うぞ。店主や番頭には、あくまで、他言無用でいくとな」結論を出すように清家は、付け加えた。

「それしかなかろう、傷を負わせたり、乱暴はなしだぞ、また、刀を抜いたりの威嚇はしないで、どうかな、吉井」「そうだな、まあやってみるしかないなあ」

三人の話は、そこで終わった。


登城すると奥村家老付の小者が「清家様、ご家老がお呼びでございます。役邸の控の間で待つように、とのことです」と、清家に告げに来た。

これは勘定方のことか、播磨屋のことか、お叱りだなと思い、控の間で待っていると、家老のいつもの渋い顔と声で「清家、入ってこい」と呼ばれた。

「先日のことだが、江戸の深川、法禅寺の住職である尊海和尚が参っての、殿にも会ってわしの屋敷にも参った。そなたのことを、ことのほか誉めておったぞ」「……」「尊海和尚は、元は二本差しの武士で、この藩にいたのじゃ、家の都合で僧籍に身を置くようになったが……。その尊海和尚が、清家は藩にとって大事を為す優れた人物だと褒めていたぞ」「……」「そこで、藩の財政についても、いろいろと意見を述べられたらしいな。そのことを聞かせてくれ」

清家は静かに話し始めた。

「和尚の酒の相手をしながら、誠にもって僭越ながら私見を述べました。今は各藩ともども、財政は苦しいのです。遣り繰りに切歯扼腕《せっしゃくわん》のごとく行っていると聞いています。我が藩でも同じことが言えるでしょう。早く手を打つことよって、痛手は少なくてすむかもしれません。できれば深みに陥《おちい》ることのないよう万全を期すことが肝要です。

それに倹約令は、殿から出されているので承知しています、知行半減という言葉も囁かれている藩があります。殖産にも目を向けたらどうかと和尚に言いました。藩の地形から果物の生産、また鉱山も見落とされているところはないか、お湯の涌く谷もあれば引札（チラシ）を作り江戸で配ってもいい。建築の盛んな江戸に材木を卸す、その引き出す道を整えていくことを大事にして、守ることと、攻めることが大事かと思われます。言い過ぎましたが、御容赦願います、御家老様」

清家は、目を音吉の方へ向けると言っていた。

「音吉、よく来てくれた忝いな。お前には迷惑をかけんようように、わしら二人とも知恵を出している。少しでもいいから安心して、我々と心を一つにしてくれ。これは藩の正義のためにやっているのだ。無論、他言無用でな、こちらは充分に心得ている」「……」

無言の音吉に吉井は言った。

「音吉、別帳の八十両は、お前が間違えてしまったのだな」「はい、番頭が早口で言われたので、申し訳なかったです、吉井様」「直ぐ八十両が別帳に入ったのは、どうしてだ、音吉」「私が、番頭からの指図で戻しました」「それは、分かったが、それ以前に二十五両と五十両が引き出されているが、どうじゃ、音吉」「はい、番頭さんの指示で」「その金子は、どこへ費やされたのか」と、吉井は問うたが、音吉は無言のままだった。さらに吉井は質した。「なかなか言いづらいと思うけど、ここまで言ってくれたんだから知っていることだけでいいから」この問いに音吉は答えた。「詳しくは知りませんが、奉行様のところと思われます」「それは、どうしてそう思うのか」「私が金子を用意して渡すと、直ぐお城に上がっていきます。お奉行様に会ってくると言い残して」「なるほど、その別帳の金子は、どうやって生まれるのか」そこで清家が口を開いた。「音吉、よく話してくれた、ありがとう、だいたいは、わしも感じている。品物の数は動かせないが、出来栄《できば》えの悪いか良いか質によって、値を決めているのだろう、播磨屋は」「はい。品物には、良い悪い、大きい小さい、新しい古い、いびつかどうか、など品定めで値を三つに分けたり、二つに分けたりしています。昔から城へ収める数は変わらないけど、品定めを下げて納めています。値はそのままでございます」

吉井が言った。「その差額が別帳に入るのだな、音吉」「はい。申し訳ございません」と消え入るような声で音吉は語ってくれた。「音吉、謝らなくていいぞ、番頭は音吉に、値の張るものを食べさせてくれたり、何かもらったりはなかったか」「自分は、何ももらっていませんが、二回か三回、魚の美味しいてんぷらとか、江戸前ずしを食べさせてもらいました」清家は音吉を労うように継いだ。

「音吉、ありがとうよ、本当によく話してくれた。これで美味しいものでも食べて、今晩ゆっくり休め」「こんなにたくさん、いいんですか」と音吉は平伏していた。

月の光が主殿の渡り廊下まで、射し込んでいる。庭に植えられた木斛《もっこく》の葉がきらきらと輝いている。清家は、勤めを終えて家に帰ろうと廊下を歩いていると、小者が後ろから「清家様、乾奉行がお呼びです、控の間で待つようにと」と、声を掛けられた。清家は少し嫌な気持ちになったが、逆に奉行に問うよき機会かもしれないと思った。

「清家、入れ」「はい」「もそっと近う寄れ」「お前、近頃、播磨屋について何か調べているようだな」「いや、特には……」「隠さなくてもいいぞ、番頭の話だと、手代に随分と勘定について問い質しているようだが」「拙者は、少し知りたいことがあったので」「それはなんだ、藩の勘定方を差し置いて、算勘に首を入れるということは、どういう了見だ」「拙者は、奉行様が御存知の通り、咎人にされたのです。どうしてか知りたかったのです」「それで分かったのか」「いや、少し」乾奉行は、憮然として言った。

「わしの顔を汚すことになるんだぞ」「奉行様、何かお困りになることがございますか」「ある訳ないだろう」「……」「お前は江戸で、老舗の田島屋で算盤勘定の仕事をしていたと江戸家老から聞いたが、それで気になったのだ。業務の越権の行いだぞ」「このことと、関わりはないと思いますが、江戸からの帰郷の途中で命を狙われました。拙者が、高萩藩に戻ることがいけないのかと思いました」

「そんなことは、わしは知らん」

陽は西に傾いたが暗くはなっていない、西館《にしやかた》の上の青い空に渡り鳥が群れて飛んでいる。西の丸にて清家は「姫様、稽古が少し長くなり遅くなり申し訳ありません、そろそろ終わりにしましょうか」「はい、そうしましょう、あ、そうだ、私の部屋で夕餉を食べてください」「たね、たねいるか」「はい、はいなんでしょうか」「政治郎様と部屋で夕餉を戴きますので運んでください」「はい、清家様は夕餉がすんだらお引き取りを願いますね」「もう〜。たねは」たねの困った顔を見て清家は言った。「心配しなくていいですよ、たね様。夕餉が終わったらあちらの広縁でお話をするつもりです」「姫様、あまり遅くならないよう」とだけ、たねは言い置いて部屋を離れた。「……」「姫様、今宵は少し風がありますが、月灯りで庭が本当に綺麗です」と、清家は空を見上げた。「そうね、政治郎様、私は政治郎様と一緒にいなくては寂しくて寂しくて。私は、政治郎様と夫婦になります」「拙者も姫とおると、心が騒ぎ姫への想いが募るばかりです。大変に嬉しい事ですが、立場が」「たねも立場、爺も立場、政治郎様まで立場と、その立場をのけてもらうよう爺にお願いしてあります」

姫の黒々とした大きな瞳が潤んで、月の光できらっと輝いたように見えた。清家の胸に顔を寄せ、体も少しの透き間もないように寄っている。白い優美な姫の手が清家の膝の上に、清家も手を姫の手に絡ませ、指を組んでいる。二人が広縁に座っている姿は、揺れ動くこともなく、まるで影絵であるかのようで。姫の顔が上を向いて清家の白い顔を見詰めている。清家の左の手が、優しく姫の肩から首に廻され顎に触れる。さらに姫の顔が上に向いて目を閉じている、そっと優しく清家の唇が姫の唇に触れた。少し力も入り舌が絡み合い、吸い合い、強く押し当てた。姫はうっとりとした様子で清家の触れるに任せている。目を閉じていて、まわりのことは二人の中には入っていない。清家の手が、姫の小袖の合わせに入っていくが、姫は、体をくねらせているが目は閉じられたまゝである。白く柔らかな丘《おか》を優しく優しく揉みながら姫の首すじに唇を押し当てていた。丘の先の小さな突起に指をはわせ、ほぐしかけた。「う〜ん」と小さな声が姫の口から洩れた。

もう清家の頭の中は、白くなっており、下の男は猛り狂っており、天を突いている。清家の頭の芯が痺れるほどの心地よさに襲われているのだ。ここが広縁でよかったと、清家は後になって思った。月は雲間に隠れて、辺りは闇である。微かに白い空と黒い地が分かれている。

清家の家では、例によって三人が顔を寄せ合っている。「これが播磨屋についての調書きだ、一応目を通してくれ、市之倉」「奉行の不正は明らかだ、これを見過ごす訳にはいかないぞ、三人の名で上申願いして奥村家老に届けようじゃないか」「吉井はどうじゃ、何か意見があるなら聞かせてくれ」「このまま放置すれば、不正は続き藩の財に影響を与える訳ですから許せない」と憤った。それに応えるように市之倉が「ここで、別帳で分かるのは二十五両と五十両だけだが、そのほか以前からの分もあり、どこかに流れているだろうが調べようがない」と言った。清家が二人の剣幕を抑えるように言った。

「まあ、そこまではな。不正が行われていたか、どうかだな、吉井」「奉行だけなのか、そこからまた流れているかもしれない」「多くの苦労があったが、ここまで辿り着けた忝い、市之倉もご苦労だった」「じゃあ、わしが奥村家老に持っていこう」「そうしてくれ、今夜は闇夜だ、気を付けて帰ってくれ、お～い影之助、提灯を持って来てくれ」二人が門から道に出てしばらくしてから、「野郎、やっちまえ」と罵声が飛んできた。驚いた影之助が、「兄上、兄上、あそこでお客人が襲われています」と、急を告げる。

清家は、藤四郎宗則を持って草履をつっかけた。黒い頭巾をした胡乱な三人組を見た。また刺客だな。小仏峠の前で襲ってきた奴らだ、二人は剣を抜いて構えていたが、奥に身を隠すように立っている男がいた。やはり痩身の男だが、前に出てきて清家と対峙した。手練れでいろんな技を使うと見た。清家は前に剣を交えたことを思い出した。清家は、叫んでいた。

「吉井、後ろに退っておれ、市之倉、左の男を頼むぞ、もう峰でなくてもいいぞ、二度も挑《いど》んできたんだから」瘦身の男は静かに腰を下ろした、なんと居合の姿勢をとっている。

「やぁっ」

胴薙ぎの一閃の技だ、間一髪清家は体を躱したが、相手の剣先が着流しに触れたか、疾い。返し袈裟懸けがきたのを、藤四郎宗則で受け止め、火花が散った青眼に構え直している。大きく握り下ろしてきた。藤四郎宗則で受けたが、膂力を乗せた重い太刀だ。一瞬、再び居合の姿勢をとった、左手が鞘にやはり少し揺れ動く。今だ、瞬時に清家は右脇に一閃の突きを入れた。真剣そのものだ、暗闇で見えないが手応えはあった。相当な血が流れているだろう。この左手の動きの影は、人は皆同じなのだろうかと清家は思った。と同時に清家は、また叫んでいた。

「早くこの男を連れて去れ、手当てをすれば命までも失わないだろう」辺りが静まった後、市之倉は息を弾ませて言った。「隙の多い奴だったぜ、かなり深手になったかもしれんぞ、清家」「もう死んでも仕方ないぞ、二度も懲りずに襲ってきたんだからな、なあ、吉井」「どうも後ろの方に退っていた奴、剣も抜かないで見ていた、名倉のような気がする。姿とか、顔の動かし方が似てる気がした」

清家は、静かに口を開いた。

「そうかもしれんなあ、剣は持てないと思うけど、まだ、わしを怨んでいるようだ」

最終章　大和郡山へ

城より勤めを終えて私邸に戻ってきた清家政治郎は、久しぶりに弟影之助と母と三人で夕餉を囲んだ。

「影之助、わしはもう何回となく命を狙われている、お前も知っているが、藩に関わることだと考えている。江戸でも、名倉が刺客となって剣の交わりをした。どうも、わしが藩にいることが都合が悪いらしい。そこで影之助、わしが命を失っても母上と、この清家の家を守ってほしい」

するとゝ、影之助は兄を気遣うように言った。

「兄上は、剣の達人と皆様から認められ呼ばれてます。その達人が剣の技で負けるとは」「否、剣とは限らない、飛び道具も毒もある」

そこへ母が押し留める口調で中に割って入った。

「まあまあ二人ともなんですか、縁起でもない話をいつまでもしているなんて、止めてくだされ」「影之助、お前は幼い頃より剣の道は上達もせず、関心も持たなかった。稽古もほどほどやったな、しかし、字は早くから覚え、十三歳を過ぎた頃から四書五経や孫子や韓非子、呉子などを抱え込んで読み耽っていたな」「兄上、兵法も誠に面白く読めた」「それは大事なことだ。その道を定めて歩んでほしい。何か目指すものがあるのか」「はい、いつもなんとなく思いに耽って考えているのは、百姓や山仕事を生計としている人や、小さな商いをして暮らしている子息などが、もう読み書きや算術を憶えてもいい年になっているのに、誰も教えていない。このまゝ大きく育っていくと、また同じ業に就くことになります。百姓や山仕事も決して捨て置けない業ですが、体の弱い童や病、怪我で働けない人もいます。早いうちに読み書きや数の算勘ができる手習い小屋を開いて習わせたい」「そうか、それは良い考えだ、わしも援助したい。今は、戦のない世が続いているし、これからは槍刀の時ではない。自分の考えを述べ話し合いによって決めていく世の中になるだろう」思いの外、影之助が思慮深い弟だと思った。

お城で、清家が主殿からの渡り廊下に差しかゝったとき、「清家様」と家老の小者に呼び止められた。

「家老がお呼びです、お部屋の方においでください」

このところ清家の頭の中には、播磨屋のことしか思い浮ばない。市之倉が奥村家老に上申書を届けたので、呼び付けられたのかと推察した。

「お召しにより、清家政治郎参りました」「入れ」「失礼つかまつります」「清家、明日八つに本丸主殿の控の間で待っているように」「なんでございましょうか」「それは、そのときに。間違いないようにな」

清家は直ぐ市之倉のところに行き、「市之倉、今家老に呼ばれて、明日、殿に顔を合わせる、とのことだ。推察するに、上申願いのことだろう」と告げた。

「清家、あの上申書は、文の並びとか字の誤りなど直しているので、未だ届けてないぞ」「そうか」

じゃあ、明日の話とはなんだろう。内心訝ったが、もういいや考えるのは、殿に呼ばれて叱られるほど、間違った事はしてない、清家は少し、捨て身の気持ちになっていた。

翌日。清家は、本丸主殿の控の間で正座をして待っていた。静かな音が近づいてきた。いつもの歩く調子で奥村家老と察した。重い足取りではなかった。

「清家、これから殿の御尊顔を仰ぎ見るに参るぞ、はっはっは」いつもの奥村家老らしくなく、微笑を含んだ軽口に清家には思えた。

「殿、お召しにより家老奥村十衛門、参りました、これに控えているのが清家政治郎でございます」奥から「入れ」の声がした。

清家が部屋の敷居を跨《また》ぐと、殿が上座の一段上に座して、脇息に右腕を凭《もた》れさせていた。表情まではよく見えないが、いつも遠くから見ている殿の様子だ、と清家は思った。驚いたのは、西側になんと姫が座っており、その後ろにたねがいる。

「もそっと近う寄れ」「はっ」膝行して近づく清家に向かい殿は言った。

「三年の余り、江戸での暮らし、大儀であったぞ」「はっ」と清家は平伏した。

「過日、江戸深川の法禅寺住職、尊海和尚が顔を見せてな、お前のことを随分と褒めていたぞ。高みに届く男やと、藩のことばかりでなく、日の本の行く先も頭に描いている男やと、尊海和尚の言葉で心に宿っているものはないか」「はい、腰を据える場所が大事と言われました」「そうか、安寧の居場所がない江戸暮らしやったからな。和尚は、清家はいつも影と音を心に大事にしまってあると言っていた。その影と音とは、なんじゃ」

清家は頭を低くして述べた。

「はい、人が生きていく中で、表に現れていない、表からは見えない、隠された裏の影を見分けようとする心を常に持っていなければいけない。体に染み込ませるような日々を送ることが大切だと。剣の道も同じと言われました」「音とはどういうことじゃ」「はい、小川のせせらぎのような微かな小さな音でも拾うように、音を声と置き替えて考えることを胆《きも》に銘ずるようにと」

殿は矢継ぎ早に聞いてきた。

「それは、誰の教訓か」「はい、古関道場の古関玄之助様で、師匠です」「そうか、相分かった。ところで清家。近いうちに大和郡山へ行ってもらうぞ」「え、大和郡山ですか」「そうじゃ、大和郡山について何か知っているか」「いえ、ただ古の都としか」「そうか」と、口にすると殿は、昔を辿るように話し始めた。

「松平下総守忠明様のところだ。わしは幼少の頃よりお城（江戸城）で遊んでいただいた。童になってからは、五経の中の礼記について厳しくお教えいただいた。今も文の遣り取りをしており、よく藩の動かす方法についても御指導いただいておる。忠明様は、美濃加納城主を父に、母上はなんと、東照大権現様の長女、亀姫様であらせられる。だから忠明様は、家康様の外孫になるわけだ。今は、御高齢ではあるが、徳川連枝として御活躍なされた。大坂の陣で破壊された大坂の地を新しく区割をし、いくつかの河川に橋を架け、洪水、氾濫を防ぐよう流れを替え、堀割を整えた方で世間を驚かせた。しかし、忠明様の本当の力は別のところにあったのじゃ。それらの事業を行うのに、官や公の財力、人力より民の力を主力にして為し遂げたのじゃ。その証として、道頓堀という民の名を用いたことだ。安井道頓からとったのじゃ。『将の来たる器』と稱《たた》えられた、君臣一体の大坂の町をつくったのだ。大坂の者たちの心を摑み心服させた、これが忠明様の凄いところだと、わしは思う」

清家は殿の話を聞いていて「はい」と応えた。殿は、傍らにいる左夕姫の方に顔を向けると言った。

「ついでだが、姫、何か言うことはないか」「はい、奥村様に私はいつも、爺、爺と軽く呼んでいましたが、失礼な言《い》い種《ぐさ》をしてしまいました、謝ります。また、殿、いえ、父上、この度のことについて、誠に申し訳ありません、ありがとう、ございました。嬉しさで胸がいっぱいです」「姫、未だ何も詳しいことは言ってないぞ、礼を言うのは早すぎだぞ、涙が滲んでいるように見えるが、よほど嬉しいとみえるな。家老、言葉はあるか」

姫の詫びを聞き、そしてまた殿から声を掛けられた奥村家老は、感激に絶えないような面持ちで言った。「はい、姫様からこんな言葉を戴き、恐縮です。爺々で呼んでくだされればよいのです」それを聞いた殿は言葉を添えた。

「家老、しばらく刻が経てば、また爺、爺と大きな声が飛んでいくわ。はぁはぁはー、なあ、姫」「殿は……」と、姫は恥ずかしそうに頬を染めた。「ここからが本論だぞ、清家については、二年か三年くらい、忠明様のところに行ってもらう。勿論、文で了解はとってある。養嗣子ではないぞ、単なる養子だ。姫、二年か三年は辛抱だな」

殿は、念を押すように清家に顔を向けた。

「清家、この文を忠明様に渡してほしい。ここ二、三日のうちに出立するようにな」同席していた奥村家老も口を開いた。「清家、吉井を付き添わせて行かせるぞ。それから弟の影之助を書庫役として出仕するよう命ずる」「家老様にはいろいろにわたり難事を押しつけ、何かと導いていただき感謝いたしております」「清家、藩に戻ってくるときは、松平政治郎だぞ、とくと心してくれ」と、殿は満足そうに笑みを浮かべていた。

甲州の山々に朝の陽が注がれ、静かな安寧な町が美しく輝いている。

「吉井、王岳が光って見えるぞ」「本当だ」若者二人は、王岳にお辞儀して、西に向かって軽やかに歩いた。

（終）

参考文献

『大坂誕生』　片山洋一　朝日新聞出版
『日本美術絵画全集［長谷川等伯］』　集英社
『江戸東京切絵図散歩』　山川出版

著者プロフィール
静間 幸雄（しずま ゆきお）

一九三八年新潟県生まれ、岐阜市在住
日本福祉大学卒　職歴：岐阜県職員
東海女子短期大学（旧名）非常勤講師
児童養護施設長

掴め影と音

2023年８月15日　初版第１刷発行

著　者　静間 幸雄
発行者　瓜谷 綱延
発行所　株式会社文芸社
〒160-0022　東京都新宿区新宿１－10－１
電話　03-5369-3060（代表）
03-5369-2299（販売）

印刷所　株式会社フクイン

ISBN978-4-286-24286-6